要爱具体的人

乔叶 / 著

Loving in Specifics

人民文学出版社

图书在版编目（CIP）数据

要爱具体的人 / 乔叶著． -- 北京：人民文学出版社，2024（2025.4重印）． -- ISBN 978-7-02-018987-8

I. I267

中国国家版本馆CIP数据核字第2024VW6693号

责任编辑　周　贝　向心愿
装帧设计　李思安
责任校对　杨益民
责任印制　王重艺

出版发行　**人民文学出版社**
社　　址　北京市朝内大街166号
邮政编码　100705

印　　刷　北京顶佳世纪印刷有限公司
经　　销　全国新华书店等

字　　数　131千字
开　　本　850毫米×1168毫米　1/32
印　　张　8.5　　插页3
印　　数　20001—28000
版　　次　2024年11月北京第1版
印　　次　2025年4月第4次印刷

书　　号　978-7-02-018987-8
定　　价　48.00元

如有印装质量问题，请与本社图书销售中心调换。电话：010-65233595

尽管我不信万象有序，但我珍爱黏糊糊的、春天发芽的叶片，珍爱蓝天，珍爱有时自己也不知道 —— 信不信由你 —— 为什么会爱的某些人，珍爱人类的某些壮举，也许我早已不再相信这等丰功伟绩，但仍出于旧观念打心眼里对之怀有敬意。

——《卡拉马佐夫兄弟》陀思妥耶夫斯基

目录

自　序　001

要爱具体的人
　姐姐的高定　003
　老　姨　007
　那么美，那么好　010
　小 日 子　014
　我就是来看看你呀　031
　和婉婉在台北的一天　034
　生　菌　040
　二 姨 妈　043
　要爱具体的人　049

路过人间

陌生人琐记　　057

水仙花菜　　065

一把花籽　　066

西湖晓春　　072

饼 的 事　　077

老家山中春天的花　　084

公交车上　　088

无数梅花落野桥　　095

那棵树呢?　　101

鲜 花 课　　104

秋 香　　108

桂 花 引　　111

麻雀，你好啊　　115

身边的邛海　　118

在乡下茶馆里　　122

中年崂山　　126

薄荷一样美好的事　　135

有疤的观音　　138

我会在哪遇见你

礼　物　143

厨师闲谈录　148

你是去跳舞吗　176

听　秋　风　179

橘　子　182

老张家的饺子　183

果　脯　187

裸体聚会　190

活得明白的人　195

在殡仪馆　200

香樟木少年　205

一顿家常午饭　208

撞钟之夜　214

小女老板　220

我有参差不齐的句子

苦 楝 树　225

那些问"在么"的人　　227

初见和不见　　230

减　法　233

删与不删　　236

穷　人　239

不会成为贵族　　247

这一点儿土　　250

认真的人　　253

红 绿 灯　256

敬畏小路　　258

幸福两种　　260

自　序

《要爱具体的人》，这本书的书名取自于书中一篇文章的题目。和编辑们商量书名的时候，我们在第一时间不谋而合地选中了它。等到定了之后，我才开始琢磨，这书名怎么就那么投我们的心思呢？

要，这个字颇有一种祈使句的口气，仿佛命令。但用在此处当然不是命令。这是我的自说自话，是我对自己的提醒。而之所以有此提醒，是因为我发现，相比于具体的人，抽象的人总是更容易让人爱的。比如那些在舞台中央的明星偶像，抑或是那些活在传说中的历史人物。他们在抽象中纤尘不染，散发着璀璨的光芒。就人的意义而言，这些抽象的人就是我们的"诗与远方"。而身边所有具体的人——无论熟悉的还是陌生的人，他们是多么的灰暗驳杂，懦弱易碎，与此同时，柔软温暖，刚硬热烈，坚韧顽强，这也是他们。走在大街上，坐在地铁里，看着身边这些陌生面孔，我知道，所有抽象的形容词都附着在这些具体的人们身上。

我清楚地知道着他们，如同知道着我自己。因为毋庸置疑，我就是他们中的一个，最平平无奇的一个。我提醒自己去爱他们，其实就是提醒自己去爱自己。

至于爱，这当然也是艰难的，如同修行——去掉"如同"吧，就是修行。不知不觉，我的写作时长已经有三十多年。可以说，在这三十多年里，我既学习着如何写作，也学习着如何爱自己，更学习着如何爱这个世界。

爱这世界的什么呢？当然只能是人。

网约车司机、菜市场小商贩、保洁女工、饭店服务员、散步时邂逅的孤独的老人……我在生活中遇到的这些具体的人们，就这样聚集在了这本书中。就是这些具体的人们，常常让我感到这个貌似散淡的世界其实是那么默契，这个貌似黯淡的世界其实是那么多彩，这个貌似粗糙的世界其实是那么精微，这个貌似平凡的世界其实是那么可爱。

汪曾祺曾在一篇自述文章里写自己的童年生活，说他小时候从家到学校的路上要经过一条大街和一条巷子，街巷上有很多店铺、手工作坊、布店、酱园、杂货店、爆仗店、烧饼店、卖石灰麻刀的铺子、染坊等等，"我到银匠店里去看银匠在一个模子上錾出一个小罗汉，到竹器厂看师傅怎样把一根竹竿做成篦草的篦子，到车匠店看车匠用硬木车旋出各种形状的器物，看灯笼铺糊灯笼……百看不厌。有人问我是怎样成为一个作家的，我说这跟我从小喜欢东看看西看看有关。这些店铺、这些手艺人使我深受感动，使我闻嗅到一种辛劳、笃实、轻甜、微苦的生活气息。"

——辛劳、笃实、轻甜、微苦，这四个词准确地击中了我。是的，这也是我从这些具体的人们身上感受到的气息。从他们身边路过时，和他们擦肩而过时，他们的这些气息总是会让我不由得放慢脚步，甚或驻足良久，去细细观看，细细聆听，细细想。

在一篇创作谈里，我曾比喻自己是个拿针的人："常常觉得自己是一个拿针的人。……拿针的人，似乎也有一根针一样的心。常常觉得自己的心是很小很尖的，见到什么都想扎一扎，缝一缝。"——针一样的心，不是针眼儿一样的心。针眼儿的重点是极端狭窄的面积，而针一样的心，其要义在于针尖的敏感和锐利。作为一个拿针的人，我有自己的小野心：渴望或者说奢望着这小小的针尖上有着天空的辽阔和海洋的深情。仿佛这小小的针尖上有一颗颗被施了魔法的种子,能够生长出奇迹般的大。

后来就明白了,我有的只是针,种子和土壤都在这些具体的人们这里。正如《认真的人》里那个叮嘱我要去什么地方看头茬月季花的老人,她和妈妈常常奔赴这个城市的各个角落赏花,她七十五岁,她妈妈九十五岁。亦如《活得明白的人》里那个说话嘎嘣利落脆的小服务员,她在给盘里的鱼翻身时告诉我们,翻鱼不能叫翻鱼,要叫顺鱼,这是黄河岸边的老规矩……

我爱他们。我明白我的存在对他们无足轻重,但他们对我的意义却截然不同。因为我和我的文字就生活在他们日复一日的奔波劳作中,生活在他们一行一行的泪水汗水中,生活在他们千丝万缕的悲伤和欢颜中,生活在他们青石一样的足迹和海浪一样的呼吸中。我和我的文字靠他们的滋养而活,他们却对自己的施与一无所知。他们因不知而更质朴,我因所知而小幸福。

要爱
具体的人

姐姐的高定

到北京后,姐姐的快递便源源不断地跟到了北京。主要是吃穿两样。吃的就是她亲手做的。有馒头,也有包子。包子主要是菜包子和豆沙包。有炸丸子,主要是牛肉丸子和素丸子。还有烧饼、麻花以及其他林林总总各种面食。做好后立马放进冰箱冷冻,冻结实后再寄顺丰快递,次日即达。拆开快递,冰冻融化得刚好,到得早的话,还能摸到些微凉之意。

穿的就是姐姐亲手做的衣服。姐姐早年学过裁剪。在遥远的上世纪八十年代,衣服分两类:一类是自做的,一类是买现成的,叫成衣。成衣少且贵,裁剪便成了乡村巧姑娘的必备手艺。那时节,订婚和结婚前夕男方要带着女方去买衣料子,缝纫机也是高端嫁妆。姐姐是高中生,当时村里没几个高中生,裁剪需要的那点儿数学知识对她而言自然游刃有余,不在话下。她很快就学会了各种款式：中山装，西服套装，襻扣棉袄，新潮的蝙蝠衫、喇叭裤等等。后来满世界都是成衣，她也家事繁重，这手艺便渐渐搁置下来。近些年，孩子们各有出息，她又有了空，最主要的是起了兴致，便又开始做衣服。

她日常生活里的重要一项就是在市场里挑布头。但凡我回老家，只要能抽出点儿时间，也喜欢跟着她去逛一逛市场。常常已经很便宜了，她还在挑三拣四，嫌花色不好，嫌料子不好，嫌贵。不是买不起，只是觉得性价比不高。在我看来已经很高了，可还是没有抵达她理想中的高。

那天收拾衣柜，把姐姐做的衣服单放出来，竟然有一小堆：一条棕咖底色的长睡裤，浅粉小花，墨绿叶子。一条天蓝色的直筒裤，上面印着小小的不知名的可爱图案。还有一件带帽子的粉色睡衣，帽子上压着宽宽的花边——姐姐一直有一颗少女心。另有几条长裙子，都起着大花，却不俗气，有着油画般的色调和风情。做这种裙子，她往往选择最简单的样式，大身就是直筒，圆领或者 V 领。她还给我做了一件吊带，深咖底色上满是小白圆点，清新简洁。以上这些料子，基本都不超过二十块。二十块，想想这都什么年代了，我没见过比这更有性价比的衣服，但也是最贵的衣服——贵在人工。

姐姐已经快六十了。

自打她重启这手艺，亲朋好友们就都有了福利，尤其是女眷们，一个不落地都穿上了她送的衣服。她不仅做，还很有创意地做。她曾给侄女小谦和小谦的女儿暖暖做了一套同款的连衣裙，淡黄底上撒着白圆点，母女俩同穿，可爱极了。

我有一条黑白细格裙可谓是姐姐的得意之作。料子是我跟姐姐逛市场时挑的，四十块。这也许是她挑的有史以来最贵的一块料子了。大身依然是直筒，一字领，七分袖。她做好寄到北京来时，我正好要参加一个对外交流活动，便穿上了。那场活动女士很少，于是拍照时我总是被让到 C 位。新闻出来后，这裙子得到好几个朋友的私信表扬。或许他们只是礼貌性夸赞，我却不客气地照单全收。穿上的效果怎么说呢？自我感觉颇为洋气。要知道，对我这样的土妞而言，洋气一次不容易。

还有人问：你这衣服什么牌子？在哪儿买的？很贵吧？

我姐姐做的，没花钱。

你姐姐是个设计师？

对。

那你这就是高定嘛。

确实是高定。

有个姐姐可真好。

嗯,特别好。

老 姨

上焦作师范那年，我十四岁。那时学校还在焦作市的西北角，紧靠着山。老姨家的闫河村离学校不远，大约七八里。每到周末，我不回家的时候，就会去老姨家。

老姨是奶奶的亲妹妹，有的地方叫姨婆。奶奶有三个亲妹妹，闫河这个老姨和她长得最像，性情也最相近。七岁那年我突发重度胸膜炎，在焦作市矿务局医院住了三个月，医院离老姨家很近，她经常送吃送喝，那时候我就知道：她很亲。

在老姨家的周末过得很纯粹，除了一起做吃做喝，别无杂事。她喜欢包饺子，因我那时候不吃肉，她就给我包素的。包得小小巧巧，精致可爱。我们一边包饺子一边闲话。主要是她讲我听。她讲小时候如何和我奶奶玩耍："逢五逢十有集，俺爷没事儿就会驾着马车带俺们去逛一圈，扯花布，扯头绳，再各人一碗羊杂碎，配一个烧饼……那时候的吃食，香。"

她讲和老姨夫相亲时如何胆怯："不敢看他，一眼也不敢。成亲了，都有孩儿了，我问他，你相中我啥了？他说：相中你一双大眼，太会瞪人！"

她的眼睛确实很大，皮肤也白，是我三个老姨中最漂亮的。

也讲她的三个儿子：老大怎么出息，老二和我一样是个左撇子，老三刚结婚，和媳妇三天两头斗嘴呢……说着就给我看她腿上凸出来的青色血管："医生说是静脉曲张。唉，一身毛病，恐怕活不长了。"然后就给我看她的寿衣，一整套，是她早就准备好的。从头到脚，从里到外，她一样一样给我展示讲解，喜滋滋地问："好看不好看？你看这做工，外头可买不着。慢工出细活儿。"我傻傻地说："其实，等你穿的时候，你自己也看不见。"她的眼睛立马瞪起来："咋看不见？我自己试了可多回呢。没事儿我就试，没事儿我就试！我穿给你看看吧？"

她常来我家看我奶奶，每年小住一两回，每回住上八九十来天。姊妹两个摘豆角，做棉衣，穿竹帘，或者在大门口说着家常话。街坊邻居见了都问候她："哟，他老姨串亲戚来啦？姊妹俩长得真像。"她笑眯眯地应答:"是姊妹咋能不像?"

她最后一次来我家住,是我奶奶去世的时候。父母早逝,奶奶是我们最后一个至亲。这样的大事没有长辈领着是不行的,她就来了。她前前后后跑着,招呼着迎来送往、茶水酒席、收礼回礼。不时拉着我们哪个姊妹,说烟发得太多了,孝布扯得太宽了,为我们省俭着,生怕我们吃了亏。偶尔闲下来一会儿,她就到奶奶灵前哭一会儿,口中喃喃道:"我的姐啊……"

我见她最后一面时,她已经有些老年痴呆,在二儿子家。我拉着她的手,报上我的姓名,她的泪水顿时盈满眼眶。我们就那么哭着,哭了很久。后来我再也没去看过她。直到今年春节,我回老家去看大哥,他说老姨去世了。说这话的时候,我们正走在路上。茫然地看着路边的村庄和行人,我想着老姨的样子。这世界上再也没有她了。我最惭愧也最无耻的亏欠是:她在我这里只是付出,从没有得到过什么。

能给她什么呢?什么也给不了。也许,说到底,我能做的,就是这样记下来。

那么美,那么好

一出村庄,我就看见了那一片田野。那是一片玉米田,玉米正拔节到最高的时候。我们这些乡村的孩子搭眼一看就知道,它们不会再长高了。就像大人们眼中孩子们的个子,蹿到某个尺寸,就不会再蹿了。剩下的事情,就是长壮了。

这些玉米还没有长壮,格外亭亭玉立,修长的玉米叶之间还有着疏朗的空隙。风吹过来,玉米们微微摇动,如跳舞。它们的颜色翠玉一样闪闪发光,这翠玉有浅翠,有深翠,有墨翠,交杂辉映,油画一般。当真是绚丽极了。我赶快把手机调换到拍照模式,想把这一切拍下来。正忙乎呢,弟弟从村子里跑出来,看到我,喊了一句:"走啊。"我问去哪儿? 他说:"去地里啊。"我仿佛也明白了似的,跟在他后面去了地里。

那块地确实是我家的地,在村子外的西南角。田里一片金黄，正在收麦子。有的麦子已经被打成麦秸垛，敦敦实实地矗在麦田中间。我凑近前，嗅到麦秸秆微渺的甜香。再仔细一看，哎呀，这麦子打得不干净呢，还残留着不少麦穗子呢。一转身，我就看见了母亲，我像以前一样喊她妈，她像以前一样答应着。我赶忙告诉她麦子的事，她说："没事，先打个大概，回头再遛一遍场，就能干净了。"

母亲稍微胖了一点，戴着一顶黄旧的草帽，穿着家常的白汗衫，圆领的，很薄，汗水把她乳房低垂的轮廓清晰地洇显了出来。我有些难为情，暗暗嗔怪她怎么不知道戴胸罩，又想到她这个年龄的乡村女人都不习惯戴，便决定下次给她买几件厚点儿的汗衫。

别人都在麦田里忙碌着，我们母女却聊起了天，聊天的情态恍若多年不见的好友，猛然间有些僵硬，却也很快自然起来。她有些羞涩地感叹说，她今年就要退休了："干了这么多年，可干够了。"——从十八岁开始在乡村小学教书，一直到她去世，她的乡村教师生涯足足四十年。可她为什么要羞涩呢？是因为觉得自己退休了就没用了吗？我连忙安慰她，也该歇歇了。要是实在闲不住，像您水平这么高的老师，哪个民办学校不想返聘呢？她的优长是低年级语文，每次全乡统考第一名的,铁定是她的班。

这安慰是有效的。她欣然颔首,默认了我的推想。我踏实下来,方才觉出天气的炎热。五黄六月收麦子呢,可不是热么。举目四望,也不知道卖冰棍的什么时候会来。他们骑着自行车,后架子上捆放着一个四四方方的塑料泡沫箱子,箱子外裹着一层小花棉被,箱子里整整齐齐码着一排排的冰棍儿,便是这时节乡村消暑的奢侈品。我曾问母亲,裹棉被不是为了暖和么?冰棍被捂得这么严实,它们不热么?母亲说,棉被这东西,能隔冷,也隔热。我说,那咱们夏天为啥不裹个棉被子呢?母亲答不上来了,就敁我:"你又不是冰棍儿!"

看我的样子,母亲就知晓我在找什么,笑道,哪里就有那么热。再说了,真热的时候,吃那个又顶什么呢。我撸胳膊挽袖子想要去干活儿,她又拦着说,没啥干的,都忙完了。我顿时回到甜蜜的懊恼中。总是这样,她总是这样,总是舍不得让我花钱,总是舍不得让我干活儿。对别人讲起来我的时候,总是压抑着骄傲,尽量淡然地说:"我那二妞……"

她仍然拽着我,拽着我的那只手湿津津的——梦醒了。

这是梦。这当然是梦。收麦子的时候,玉米怎么会长那么高呢？麦秸垛都是蠹在地头，怎么会在田间呢？母亲已经病逝二十多年，怎么还会在田里收麦子呢？

可这也不全然是梦。玉米拔节到最高的时候，它们就是那么美。看到没打干净的麦子，我就是觉得那么可惜。母亲活着的时候，她就是那个模样。在她面前的我，就是那个被溺爱的孩子，当她的孩子，就是那么好啊。

小 日 子

1

早餐后,我拎着袋子出门。袋子里装着昨天买的一盆花,名为如意皇后。如今,特别喜欢这种名头吉利的东西了,什么吉祥啊,如意啊,一帆风顺啊,平安果啊,富贵竹啊,万年青之类。还有带着点儿清新文艺范儿的,碧玉,春雨之类的,听了名字就想买。昨天在家门口的花店拎了四盆回家,花了两百多块。这盆如意皇后是最贵的,独占一百一。因为颜色好,叶片色彩斑斓的。白色的支架举起白色的盆体,兜着花的内盆是褐红色的塑料小盆,是最常见的那种,过于小了。

这花好养么? 我问老板娘。我养花的最高理想就是能把花养活。

好养得很。她说。又叮嘱说别浇水太勤快,这花不大怕旱，倒是涝死的居多。只要不涝，会越长越好，越长越大。

所以啊，这么小的花盆，怎么能够用呢？而且我也觉得这内盆太不好看了。我家里有一堆空盆呢，都是养死了的花留下的"纪念"。我便洗出四个，准备把如意皇后倒腾到其中一个里，其他三个让老板娘帮我选几种，继续种。

到了花店，老板娘一看就明白，痛快答应。她细细的眉眼，单眼皮，长得特别平凡，却很能干。——似乎不漂亮的女人，她们的能干更让人信服。我莫名其妙地这么觉得。她家的花不还价，宁可送点儿花，也不还价。这种风格我也很喜欢。我说我先去买菜，回头来取。她说好嘞。

超市离家走路十分钟。我喜欢去超市买菜，也是因为价格恒定，不费口舌。买了鲜面条，最小袋的，一块二，足可以吃两顿。家门口的小店，我每次只买一块的，也能吃两顿。如果不是自己买菜，简直难以置信在饭店动辄十几或者几十块一碗的面，成本只是五毛钱啊。

又买了一堆小东西：两块红薯，一块三；西红柿四个，两块三；大葱一小捆，两块；香菜一把，两块；黄瓜四根，三块五；西芹一小把，一块二；白萝卜一个，一块二,共计十四块七。真便宜啊真便宜。

大妈们正在买菜,我喜欢跟在她们后面买。在买菜方面,她们绝对是专家。

大葱面前,一个大妈在掐葱叶子。我也跟着掐。她友善地看了我一眼,有点儿知音的意思。

大葱两块钱一斤呢,四块钱一公斤。真贵。我说。

是啊,真贵。

我家人少。

那挑个小把的。

这个好不好?

不好,不硬实。你摸一摸,葱白硬挺挺的,才是好的。太硬了,有的长老了,葱杆里面是空的,也不行。

说着,大妈给我挑了一个。

母亲去世后,我跟着大妈们买菜,常常会想,要是母亲在世,我们一起去买菜,她也会这么唠叨吧。

超市出口的地方,有个小小的美甲摊位,靓丽的女老板正在给一个客户美甲。后面墙上挂着一排围巾,处理——每条十五块。都是净色的,我停下脚步。我的花围巾太多了,净色的少,应该再添两条。何况又不贵。女人的衣柜里总是少一件合适的衣服,女人的脖子上总是少一条合适的围巾,女人的脚上总是少一双合适的鞋，女人的手上总是少一个合适的包……

试了一条极浅的粉，少女粉。照着镜子，有点儿不好意思。

衬得脸色好看呀。好看。两个女人一起看我。

又试了一条极浅的西瓜红。

这个也好看，你皮肤白，怎么都好看。

又选了一条黑的。

这个好配衣服的。美甲的老板和被美甲的客户兴致盎然地评价着。然后撺掇：都买了吧都买了吧，这么便宜呢。

纠结了片刻，买了粉和黑。粉的不一定能戴出来，但一直特别想买粉的，真的。哪怕只是放在衣柜里看看，也想买。

花了三十。

到花店，老板娘已经把如意皇后倒好了盆，却没用我带来的盆，说我的盆不合适。她用的是她自家店里大一些的褐色内盆。这个就行了，她说，不算钱。我拿去的四个小盆，她也培好土，分别装了一盆虎尾兰，一盆孔雀竹芋，一盆飞来凤（又名崖姜），一盆文竹。告诉我怎么养，我认真听着，其实也没记住。自从这家花店开了以后，我就隔三岔五来，在她这里买的花草，有啥问题就让她帮着处理,再也没有光荣牺牲过。专家就是专家,有问题找专家就行了。

多少钱?

三十。

两天的饭菜,四盆花,两条围巾,一共花了七十四块七。我很满意。

钱是可爱的,让我花钱的人和事物都可爱,花钱的我,也可爱。这生活,是零碎银子就能有滋有味的生活,更是可爱啊。

2

因为家里动了点儿小工程,就淘汰了一批早就不顺眼的家具,想要买点儿新的。有朋友推荐让去旧货市场看看。说旧货市场虽名为旧货,可有很多东西还是崭崭新呢,性价比极高。

那就去看看。午睡后就去了朋友推荐的那家。在北三环外,也曾路过很多次,一直不知道那一大片平房是干什么的,这次终于明白了。厂房车间似的结构,一个车间就是一家店。人们三三两两地在门口聊天,乍一看,分不清老板和工人。但只要往店里进,他们一和你搭话,你就知道了。工人往往比较热情，却是职业的热情，迎宾式的。老板呢，则稍显冷淡，这冷淡是有话语权的冷淡，因为知道自己说话是算数的。

因为没有想买，所以看得随意，哪家店都进，只当瞧稀罕。办公用品居多——这是个流通之地。应该是公司倒闭了，就卖了家具。新公司成立了，就来这里买，物美价廉。量又大，格式也统一，好收购。

也有一些私人家具，果然不少都是崭崭新。虽然蒙了灰尘，但一看品相就可以想见擦干净后锃亮的样子。这些崭崭新的家具，怎么就送到这里了呢？自然必有缘故。或是因为买时就不如意，买回家越看越不如意，就发卖了。或是刚结婚不久就离了婚，之后再娶时断不能用这些虽新已旧的物件，就得处置。或者是因调动工作卖了房子搬了家……物离人，人离物，都有一本故事。

走着逛着，便看中了一个实木茶几，才要一百五。我问可以送货么？老板从鼻子孔里冷笑：一百五你还要送货啊。

还看到一个很原生态的榆木茶台，款式色泽都漂亮，含五把椅子三个条凳，一共二千八。真是太便宜了。只是太大了。好不容易腾出来的空间，我不想让它们占得太厉害。

有个老板强烈推荐他的一套美人椅,说是四大美人呢。我便跟着他的指点认真地看那椅背,皮革面上果然印着工笔画的四大美人。老板得意地拍着其中一个说,你看你看,这个洗衣裳的,不是西施?我说是啊,是西施。老板点头道:我一看她在洗衣裳,就知道是西施。

西施是浣纱,不是洗衣裳。想跟他解释这一点,后来想想,也没必要厘清。我能跟他说,这纱不是衣服的纱,而是作为原材料的苎麻吗?还是罢了。

我问多少钱一把?他答一百块。又总结道,四把四百块,不能再少了。我感慨,真便宜。一边感慨一边觉得,在这里,自己成了一个有钱人。看他不明所以地笑了笑,才突然意识到自己的不得体。是啊,买东西的人,怎么能感慨人家的东西便宜呢,这是对东西的不尊重,是不符合买者的职业道德的。必须嫌贵才对。

可是很没出息的,我还是越逛越觉得便宜,越觉得便宜就越觉得自己有钱,越觉得自己有钱就越觉得该买。到底还是没控制住,当机立断买了一个原包装尚没有拆封的茶台,含五把椅子,货价一千九,加上一百块的送货费一共两千。

真的,太便宜了。

有点儿尴尬的是,要和送货师傅一起坐三轮,且需得并排坐在驾驶座上。从没有享受过这种待遇，我有些惶恐。和师傅紧紧挨着坐，心里一边打着小鼓，还一边故作镇静地和他聊天，听他讲运货的种种。很快就到了我家所在的经三路，我说经三路可能有警察，他说一般不会有。我以为他们会爱走小路躲警察，他说他们就爱走大路，大路平坦好走。几年前曾经被警察逮住过，要扣他的车，车值一千多，他当然不舍得，就和警察讲价还价，警察不理他，他趁警察开后箱盖的时候扔进去一百块，警察就让他走了。这就是生存的智慧吧。

也是这位师傅，上上下下几趟，把货给我扛到了家。我给他拿水，道辛苦，赞他能干。他说，不能干不行啊，没文化的人，就得能干。看着我满屋子书，他突然又说，你是文化人吧。我连忙否认，不是，我不是。我也不知道自己为什么要否认，反正在那一刻就是觉得，否认就对了。

3

前几天去逛菜市场一眼就看见了红菜薹。问多少钱一斤，答四块五。

这个菜薹的样子和颜色有些面熟，只是和我吃过的不太一样,要娇小一些,气势上要弱一些,感情上也没有那么亲。

怎么可能一样呢?

查日记,是2020年1月14日收到武汉朋友给我寄的洪山菜薹,那时疫情尚在蒙昧涌动中,我和武汉的朋友都不知道将经历什么。我欣欣然在今日头条发了个帖子,内容是:收到了武汉朋友馈赠的别致年礼:洪山菜薹。因祖国地大物博,更因我孤陋寡闻,以前居然从不曾见识过此等佳物。洪山菜薹,武汉市洪山区特产,中国国家地理标志保护产品,在唐朝就已经是"著名蔬菜"。其茎肥叶嫩,甜脆清鲜,因颜色属紫,也有紫气东来的好意头。看它开的黄花多像油菜! 因它本来就是油菜啊。随手把它立到书桌上,发现也是极好的一景呢。

阅读量到了五十万,引起了五百多条的网友讨论:

"落单的蜜蜂"说,我们武汉在外的游子过年大都会收到"洪山菜薹"。各大菜市场都有。都叫洪山菜薹。不过正宗的产量很低,都被关系户买去送礼啦。

"君子兰"说,千万别浪费了。好贵的,几十块钱一斤。

"湘南人家"说,冬日的美味蔬菜,头拨的又肥又嫩,四块钱一斤。

"别样烟火"说,这个应该是二百九十八。

价格大讨论越来越激烈,有人说,2008年吃过的洪山菜薹就一百五一斤了。有人说,宝通寺下,一百块一把。还有人说,现在五百一斤的都有,而且就两根。更有人说,塔影田产的两千了。"南无我"说,塔影里的可不是有钱就能吃到的。"手机浩子"说,有次在地铁上碰见一个送货的师傅说,开了光的就是两千一盒……"雪天"说,嗯,还有个名字叫作智商菜薹。

我这外地人看得眼花缭乱,不明所以。好奇心涌起,简直想打电话问问送菜的朋友,到底多少钱。到底忍住了。最基本的社交修养还是应该有的。

明白了:世界上有两种菜薹,一种只是菜薹,另一种是洪山菜薹。

洪山菜薹呢,也分两种:一种只是洪山菜薹,另一种是洪山的宝通寺菜薹。

宝通寺的菜薹是不是也分两种:一种是塔影里的,一种是塔影外的呢?

不知不觉,讨论的方向又转向菜薹的做法。

有人说,一定要掺五花肉生炒了吃。有人说,一定要用猪油或者腊肉去炒才好吃。不管那么多,菜薹到了我手里,就是我最惯常的清炒。

那一捆菜薹被吃掉的过程也很有趣：开始吃得很土豪。一炒两整根，炒上一大盘子。真叫好吃。不用配肉，清炒就很好吃。以为紫色的茎口感粗粝，其实炒出来很是细腻清香。眼看着它在炒锅中变化，也很神奇。紫色马上变成悦目的翠绿。渐渐地，菜薹越来越少，就吃得很吝啬了，用各种菜来配着它吃。一直吃到最后，它都有些蔫了，可是炒出来依然是那么好吃。

疫情也伴随着这个过程。这期间和朋友频频联系，话题沉重，情绪焦虑，无可安慰，就说吃的。我反复夸她送的菜薹好吃，她边听边笑，说听出来你的意思了，放心吧，明年还有，只要你喜欢，长期给你"上贡"。我说，好啊好啊，那我可记挂着啦。

对我来说，武汉的菜薹也只有两种：自己买的，和朋友送的。

4

春天一来就特别想吃野菜。这天路过菜市场就拐进去，蔬菜区在二楼。我的视线在寻常蔬菜里跳跃，想找到一些不寻常的面貌。

在一个摊上看见了香椿。主色调是嫩嫩的暗红，怎么看怎么舒服。有没有一种颜色叫香椿色？

老板是个壮小伙儿，穿着件花溜溜的夹克。

多少钱一斤？

三十五。

嚯，可是够贵的。

头茬的呢。

头茬的香椿是好。我附议。暗自寻思，要是搞搞价的话，能搞到三十不？

吃鲜物不能心疼钱。小老板又稍稍拖长了音儿：头茬香椿头刀韭，顶花黄瓜落花藕——

这河南话说的，真叫一个大珠小珠落玉盘。作为一位资深吃货，"头茬香椿头刀韭，顶花黄瓜落花藕"这"四大嫩"我自然也是知道的。前三样儿都明白，唯有落花藕有些蒙，查了资料方才懂：荷花落时气温渐低，莲藕的糖分淀粉也开始沉积，待花落尽，此时新采的莲藕丰盈爽脆，充分地代言了深秋食材的鲜美。

有野菜没？

啥？

嗯，这么问是我的错。野菜这个词太笼统了。应该问得具体点儿。

有面条棵没？

没有。

有白蒿没?

没有。他顿了顿,教育道:现在不叫白蒿,叫茵陈。

对对对,是叫茵陈。我回敬:正月茵陈二月蒿,三月四月当柴烧。

他笑了,说:你想想,这还没出正月呢。

哦,就是,还没出正月。我还以为到二月了呢。

没出正月。

他看我的眼神,简直就像看个大傻子。

有荠菜没?

你点菜呢? 他说,这两天都没有。

听口气前几天有?

前几天是有。这不是刚下过雨么。

是了,前些天连下几场。昨天雨才停住。

下雨了不是长得更快? 那啥时候能有啊?

再过两天呗。反正现在地里是下不去脚,掏不出来。

—— 掏不出来。真喜欢这样的句子啊,闪闪发光。好像是掏什么宝贝似的,不过,也是 —— 野菜就是春天的宝贝。

现在的野菜都是大棚里的吧?

大棚如今也敞着呢,地泥得不行。

野长的得到啥时候?

也还得过几天。又强调:姐姐,这还没出正月呢。

要是有了,卖多少钱一斤啊?

老板又笑。被我的蠢逗笑的吧。

随行就市呗。他说。

末了还是买了半斤香椿,十五块。有点儿小贵,不过,跟小老板逗了这会儿嘴,很愉快。值。

5

都说春雨贵如油,春雨大概也知道这句话,所以很是持重,轻易不肯下。待它下了,自然也不该任它白下。这个下午,接近黄昏的时候,听着窗外滴答滴答的雨声,我便打了伞出去。

雨不大不小,下得刚刚好。有车灯照过来,光中的雨丝显得格外有质感。可只是站着看雨也有些呆傻,貌似总得有些事儿做。最便捷最当然的选择,就是逛家附近的小店儿。这些个小店儿逛起来,真是让人流连忘返,个个都爱。

"小翠酱萝卜",号称喝粥必备,确实也是我家必备的。承诺所有的菜都是亲自加工,绝不使用半成品,也绝不使用香精、色素、添加剂。吃过几回后,我着实信了。售卖的自然不止酱萝卜,荤素都有,尽量丰富。酱萝卜八块钱一瓶,嘎嘣脆的酱黄瓜和韩国泡菜是九块一瓶。荤的都是喜闻乐见的品种,论斤卖的:五香猪蹄三十六块,猪头肉三十九块;论个卖的:鸭头五块,豆瓣小黄鱼十二块。看着品相,闻着味道,已经忍不住想去扫码。所以我有时候逛这种小店故意不带手机,怕自己忍不住。实在是不好忍住。

往前走,味道特殊而浓烈,臭豆腐和烤面筋的小店到了——也不是店,就是一个橱窗式的小摊位。臭豆腐也罢了,我不怎么吃。烤面筋却是我的挚爱。吃了这几年,我也眼看着它们一点一点贵了起来。从一块钱一串到五块钱四串,如今是十块钱七串,这种算法像考食客们的数学。不过了我倒是无所谓的,因为我喜欢按整数买。到了烤面筋的摊位,我要么就不上前,若是上前了就立马掏钱,免得自己纠结。然后就看着老板取面筋,蘸面酱,烤啊烤啊,烤了这面烤那面,刷一遍酱,最后撒芝麻,装袋。拿到手中,先吃一串,烫嘴的油香,迷人的筋道,难以言喻。

再往前是卖火锅食材的店,叫锅圈汇。第一次进去的时候,我惊呆了。这就是火锅食材的小天堂,什么都有，应有尽有。酱类的芝麻酱，沙茶酱，香菇牛肉酱，海鲜酱，等等等等。调料类的花生碎，蒜蓉，香菜碎，等等等等。肉类的肥牛，肥羊，黄喉，手撕毛肚，白千层，牛筋丸，青虾仁，亲亲肠，脑花，等等等等。素的更是琳琅满目，豆类，菌类，蔬菜类，一个单品都能分成若干类，如竹笋就有春笋，冬笋，纸片笋，泡椒笋，火锅笋……此店让我深刻地觉得，自己在吃方面的见识还很有限，进步空间还很大。

拐过街角，又是一排小店：卤御烧肉，紫燕百味鸡，皇城根酱肉，博爱牛肉丸子，北京烤鸭，岐山臊子面，春燕素食汇，五谷杂粮煎饼，汉中热米皮，濮阳卷凉皮，金擀杖擀面皮……似乎有插播软广告的嫌疑——店家们不会给我广告费，以我的影响力也带不了什么货——可也顾不了许多了，不写下来我就觉得对不起它们。把它们的名号一一写下来，恍若是和老朋友们一一打招呼。它们各自的气息扑面而来，盈满肺腑。我确信，我爱它们，它们也爱我。

除了锅圈汇之类特别与时俱进的小店外，其他小店都很有些年头了。我生活的小区很旧，附近几乎没有新楼盘，但据我认识的一个房地产中介说，我们周边很少有房源，卖房子的人很少。为什么呢？我问。他夸张地提高了声音，回答：大概是因为在这里生活太舒服，太方便，太美好了！——这些小店，一定是这"三太"生活的重要功臣。

最后进的小店是一家小超市。我每次进去，都不会空手出来。一定要买点儿什么。这次在蔬菜档上居然看见了面条菜，真是喜出望外，尽管此面条菜长得未免太过茁壮，一看就是超季超前的，不是完美的面条菜。这种状态的面条菜，铁定是大棚里种的。野生的面条菜还得半个月吧，还得是天气晴朗的情况下。不过，有的吃就很好了。它也是这个超市最贵的蔬菜了：五块钱一斤。我买了半斤，又买了一小扎香菜，明天中午的面条，就靠它们俩了。

回去的路上，左手打着伞，右手拎着这两袋菜，偶尔有雨丝落到发上。行在这春雨之夜，灯光旖旎，可爱的小店们夹道拥抱，让我觉得自己富足无比。

我就是来看看你呀

夏末，受邀参加武汉的一场读书分享会。心里一动念，想到了她。

当年她在郑州时，我们过从甚密。她有一场隐秘炽烈的情事，我是最近距离的见证者。后来她伤得颇重，悄无声息离开了郑州。

已经很多年没有联系了，只是隔三岔五辗转听到她的消息，知道她这么多年一直在武汉。她会看到预告消息吗？看到后会来看我吗？

念念不忘，必有回响。果然。那天下午，在分享会的主场，我刚要进去，被人拉住了胳膊。

是她。

她笑着，笑得很努力。微微发了福。

你呀。你怎么来啦？我说。其实不知道该说什么。

我就是来看看你呀。

你挺好的吧?

挺好的。你也挺好的吧?

是呀。

我们俩相对傻笑。

突然,她想起什么,从包里拿出一条围巾,说,记得你很喜欢买围巾,这个颜色不俗气,桑蚕丝的,特别薄,夏天也适合戴的。你这一行,容易有职业病,戴上围巾,保护颈椎。

我接过来。没什么可给她的。可是,她这么急着给我,是立马要走了吗?

我就是来看看你。她说,又说小孩子还在家里,她得赶快回去。

好的,好的。快回去吧。我忙不迭地说。

她看着我,似乎在辨认到底是不是我,又似乎想要多看我两眼。我也看着她。两个旧人,互相看着,傻笑着。没别的话说。

当年,我们两个,说了多少话啊。

主办方过来催我进场。

你赶快进去吧,我真的该走了。她说着就往前走。

我也知道自己该进去了,可是又鬼使神差地跟着她走起来。这么多年没再见,谁知道下次见面是什么时候呢？或许，没有什么下次了。

你回去呀。她停下来，对我说着，眼圈红了。

我一把抱住她，就哭起来。

人到中年，活得坚硬。很久没有这样哭过。

不要哭，你一会儿还要对着那么多人……她说着，也哭起来。

我们就那么哭了一会儿。主办方的人站在不远处，静候着。

好了好了，真该走了。她又说。我就是来看看你，就是来看看你。

这句话，她已经说了多遍。好像除了这句话，没别的可说了。

我知道。我说。

是的，我知道。我知道在她眼里，此时的我，是我。此时的我，也不是我，而是她往昔最刻骨铭心的那些事，是最隐忍、艰难和委屈的那段岁月，是最痛美的爱情，和青春。

——所有的故人那里，都储存着当年的自己。

我就是来看看你呀。

无言可应，唯以泪答。

和婉婉在台北的一天

和婉婉是在某一年湖北作协举办的"海外女作家双年会"上认识的。

我们一起看武大,逛东湖,喝咖啡,品美食,畅所欲言,率性嬉闹,遂成为好友。别离时相约常联系,想着不过是句客气话,可是后来她给我发邮件,不知道为什么我没收到,她急得打了长途追问……一枝一叶都要个结果,非常认真。

我喜欢认真的人。深知这样认真的人是不容易碰到了,越来越不容易碰到。

我所居郑州,算是南北交通枢纽,经常有外地的朋友来,有时会提前打个招呼,想约见一下。但我出差频繁,常常不遇。这样的事情多了,朋友或者以为我是托词,鲜再找我。我到朋友的城市呢,也难免不这样想。有一次,要去的某个地方也有某好友,我发短信问他那天在不在，他答："正去机场，出差，太不巧了。"

我回："哼，心里肯定在想：运气不错，又少了一份应酬啊。"

他悻悻："你这人，咋那么阴暗呢。"

——不是阴暗，是老实。

所以有种状况就成了常事。口里说"下次来一定告诉我啊"，但一般都不会告诉。到了之后都默默潜伏。除非在同一个会议或者饭局碰到，就再次陷入下一轮的寒暄。想想看，拿出一天时间来陪一个朋友，简直太奢侈了——陪领导倒成了世俗的必要。还有一个理由：不知不觉，就习惯了欺负对自己好的人。相信对于自己的怠慢朋友总会宽容的，领导么，得罪不起啊。以至于说要寄的书，要发的照片，要交换的本土特产等都成了客套的虚词，成了敷衍之术。

但婉婉显然不懂这种敷衍之术，我当然也舍不得去辜负这种不懂。于是投桃报李。彼此认真地交换照片，有了新的联系方式也及时互通。后来就在微信里频频细致交流：彼此体重都是128斤，都在努力减肥。她和我分享对费玉清的认识，纠正我的偏见，说费玉清的台风如何之正，学识如何之好。也是在她的喜好里，我知道并喜欢上了歌手殷正洋。殷正洋在台湾是歌坛常青树，但因为不刻意经营，所以在大陆知名度很低。听了他的《天空蓝蓝的》《人海中遇见你》《花若离枝》等经典曲目，方知他是多么珍贵难得。有时候我给她发大陆特色的段子，有的她开怀大笑，有的懵然："有空再研究研究。"

定下去台湾的日期，自然一定知会她。我告知了大致日程，和她确定了方便见面的空档期，是6月26日。我住在台湾大学的修齐会馆，约好她过来找我。由她定路线。她几次斟酌，反复商量何时去逛街，去哪里逛，怕晒到我，又担心吃夜市吃出问题……

那天终于到来了。先是酒店前台打来电话，有人找，我便知道是她，也只能是她。即刻站在走廊上，不一会儿便看见她从楼梯拐角那里闪现，微微笑着。如果年轻二十岁，我们会狂呼吧。她有些不好意思，手里拎着茶叶和牛轧糖，我接手的时候，笨手笨脚的，记不得是谁的差错，我们还互相踩了一下。

傻笑着简单问候几句，像是经常见面似的，便出发。我也早已经备了悠游卡，和她去搭地铁——这里叫捷运。一路狂聊。聊1944年美国轰炸台湾，这里的人把躲避炸弹叫"走空袭"，而隔着海峡，这种场景叫"跑警报"。这几天已经坐了好多次捷运，我赞叹有的地名真好听，比如"竹园""六张犁""板桥""顶溪""芝山"，而在基隆，居然有个地名叫"暖暖"！她笑着应答："是呀，很好听的。"而我们共识度最高的，则是"江子翠"这个芳名。

很快便到了中午。热情的阳光让我们大汗淋漓，便去吃饭。在鼎泰丰排过号，先去附近的芒果冰店吃冷饮降温。她反复强调："这里有家店，是最好吃的。"可是她也很久没来过了，看哪家店都依稀仿佛。倔强地找了几个来回，她终于认命地在某家坐定下单。"虽然不一定有那家好，但应该也不错。因为台湾的芒果好。"她说。我一气儿吃了一大碗——岂止不错，简直好极了。丝毫不逊于香港赫赫有名的"许留山"。

鼎泰丰店，我们坐的是65号桌。她负责下单，我负责偷拍。两屉小笼包，一碗抄手，一碗面，还有一道点心是鼎泰丰的招牌，叫千层糕。另有两个小菜，一个是海带拌粉丝，一个是青菜。青菜的名字很奇怪，叫A菜。后来查资料，有的说是生菜，有的说是油麦菜，就我吃的味道来说，都不像。还有说是菠菜的，这显然更不对，因为菜单上A菜同版的就有一道菠菜。有必要把一道菜起两个名字么？

主食和菜慢慢上来。不会喝酒的两个人就这样开始了愉快的午餐。这里的小笼包鼎鼎大名。而它的美味，其实只在它的家常。绝无噱头，一切都是最朴素的：洁净的木笼屉，雪白的底布，一屉五个包子，按四角和中心铺排。而最重要的包子遵循的最基本的原则是选材精良，不用冷冻肉，只用新鲜肉。鱼虾也要最鲜活的。包出来馅多皮薄，十八个包子褶，总重量要达到二十一克。

——想一想，真不过是最朴素最基本的要求，怎么就这么盛名在外？再一想，也对，最朴素最基本的，在当下已是奢侈。

幸福腹饱之后，便去士林官邸，散步消食。玫瑰园里无玫瑰，薄荷园里有薄荷。我们便在薄荷园边的长椅上静坐，闲话。东一句，西一句，叹息，感慨，欢笑，或者短暂的沉默。也说房价高低，也说柴米油盐。她还是单身，有着单身女子特有的羞涩、矜持、固执、纯净和脱俗。她和父母住在一起，要照顾双亲，陪着去医院，自己身体也不是特别好……蓦然间，一个花花绿绿的中年女人牵着她的宠物走过来，把我们两个都吓了一跳。是头猪，很大很大的猪。不知为何，猪懒洋洋地停下脚步，很傲娇地站在那里，不走了。女人给它打扇，擦汗，耐心地哄它，说去给它买双色冰淇淋。我们俩目瞪口呆地看着，会意失笑。

天色渐暗，我们返程。在修齐会馆附近吃了牛肉面。然后拥抱，分手。

"再见啊。"

"再见。"

——我莫名地笃信，一定会和她再见。

琐碎的一天，就这么过去。这是我在台北的一天。如果不是她，我也可以按照这个行程过这么一天。但是，那怎么会一样呢？因为她，这一天就有了被记忆的价值。

"见一次，少一次"。朋友分手时，经常会听到如此伤感的话。我却不能完全认同。这话针对未来而言，但对于记忆，见一次又何尝不是多一次？——要承认，我们其实就是生活在记忆里。记忆对于我们的意义才是最本质的。未来如果不成为记忆，那就不是我们的未来。而我们所有的记忆，其实都是已经实现的未来啊。

生　菌

似乎一转眼间,儿子就长成了十六岁的大男孩,一米八的个子,黑黝黝的小脸,喜欢运动,酷爱足球,是拜仁慕尼黑的脑残粉,在年级足球队当队长,一有空就踢几脚。如果不太讲究也便罢了,偏偏是个特别爱干净的小子,衣服天天换,袜子天天换,袜子里还常常带着极细碎的草皮屑,这些草皮屑便成了我家务的重要内容。久而久之,虽然口不敢言,心里不免要腹诽几句 —— 啥时候能不操心他的个人卫生就好了。

暑假来到,他说要去旅行。我说我陪不了,他说也不用我陪,他和同学早就规划好了路线。要跑两个省,半个月时间。他出行的第一天,我便把他的卧室打扫个彻底,所有灰尘擦拭干净,床单被罩和换下来的衣服都彻底清洗。第二天,习惯性又去他卧室,一尘不染。于是退出来,舒了一口气。第三天,又去,当然也没活儿干。第四天，我开始想念他脏兮兮的一切：灰尘，泥土，汗腥味儿……突然觉得，他身上的脏是那么生机勃勃、喜气洋洋，真可爱。触摸着这么可爱的干净的脏，真好。

——又想到影视剧和文学作品里的坏人。这些坏人，他们总是格外有趣，有魅力。而那些中规中矩的好人，再好也仿佛只是一个符号，是一幅追悼会上的标准像，是完美的冰凉。

犯错误的人，有毛病的人，生活中当然可厌。可是回想起来，又常常觉得可亲。我一直对此感到莫名其妙，现在才有些明白了。宛如没有瑕疵的一张脸，那一定是化了浓妆，很可疑。如果有了皱纹，显出汗毛孔，也看得见黑痣或者雀斑，那张脸肯定没那么漂亮，却肯定更为鲜活，同时更重要的是，可信。恰如一盘家常菜，做得不是多么好，或是盐有点儿重，或是辣椒有点儿多，又或是炒老了，吃起来不可口，放下筷子想起来，却觉得格外有滋有味。

那天重读李佩甫先生的中篇小说《学习微笑》，我最喜欢的中篇小说之一。主人公刘小水自己面临下岗危机，有病的公公无处报销药费，强撑着中风后遗症很严重的身体在电影院卖汽水，丈夫嫖娼蹲在公安局等待交罚款，娘家这边，父亲在太平间服务尸体，母亲一边在公共厕所收费一边给她看着八个月大的孩子……一切都那么狼狈不堪,但身为厂里的礼仪女工,刘小水必须露出"三分之一弱"的牙齿展现微笑。其中有这么一段叙述:

> ……正说着,父亲从医院走出来了。父亲脸上喜滋滋的。他随手把一张五元的票扔在桌上的钱盒里,说:"一个肝癌,早上断气了。洗洗,穿穿,给了十块。医院扣去五块。"说着就弯下腰,从刘小水怀里接孩子,一边伸手一边说:"来吧,乖乖。"
>
> 刘小水看着父亲的手。父亲的手很粗。父亲曾是八级车工,退下来了,厂里却开不下工资……父亲老了,父亲的胡子很白。刘小水望着父亲,小声说:"爸,你洗手了么?"
>
> 父亲有点尴尬。父亲慢慢缩回手,说:"你看你,我会不洗手?"父亲又说:"人死了,病菌也就死了。"

看到这里,我落了泪。这是安慰,不要嫌弃病菌,"人死了,病菌也就死了。"更是悲悯,人活着,所以病菌也会活着。

这些病菌,是我们生命不离不弃的共同体。是生菌。

没有病菌的人,有吗?如果有这样的人,我觉得这人携带的,是最大的病菌。

二姨妈

每逢春节，大年初二，我回老家会有一个固定行程——去看二姨妈。

姥姥生了四个女儿和一个儿子。妈妈小名叫大珍，二姨妈小名叫小珍，三姨叫麦珍，最小的四姨因为瘦小，干脆就叫瘦珍。乡下的生活那么粗糙，为孩子起名是比较随意的，尤其是女孩子。珍并不多么珍。我唯一的舅舅是她老人家最大的珍宝，反而不叫珍，昵称是老鳖，大概是希望他能长寿。他的大名叫社成，是社会主义成功的意思吧，很有点儿家国天下的气势。这才是真真儿的珍吧。

按豫北的规矩，走亲戚有个一律平等的原则，比如有七个姑呢，那就得全部走一遍。有八个姨呢，也都该走一遍，前提是不要离得太远。我的三个姨都在焦作市，按说我都该走一遍的，但是也许我就是这么一个狭隘的人，逢年过节，我就只去二姨妈家，因为觉得她最亲。

小时候是很怕她的，因为她最厉害，最强悍。妈妈的姊妹几个里，她是当时生活条件最好的，因为命好。姨夫当兵时和她定了亲，后来姨夫转业到市里的轧钢厂当中层领导，她作为随军家属也成了市民，进轧钢厂当上了工人。我家和姥姥一个村子，每当她回乡去看姥姥，顺便也会提着一大篮子东西到我家，里面有胖乎乎的油条，有红艳艳的苹果，有香喷喷的炒花生，总之有我想象中的各种美味。看见我，她总是勉强笑一秒，扒拉一下我的头，马上变成一脸的嫌弃："多长时间没梳头了？""看这衣服脏的。"

我平生第一次洗澡，就是她带我去的。在上世纪80年代初，我们那里的乡下孩子几乎是不洗澡的，能把脸洗干净就算卫生。那一次不知道是什么机缘，也许就是去她家走亲戚，被她拽到了轧钢厂的职工澡堂。我记得再清楚不过：她买票，让我先朝前走，我愣头愣脑地就拐向了男澡堂，她气急败坏地喝道："你给我站住！"

在澡堂里，其实我是很羞涩的，是因为从没有暴露过裸体，也是因为知道自己满身黑黢黢的陈垢。但她是那么粗暴，不管不顾地把我剥精光，把我扔进池子里让我不许出来，要好好泡，然后她自己开始洗，等她洗得差不多了就把我从池子里揪出来，开始搓我，一边把我搓得生疼一边叨叨："脏死啦，脏死啦。"

第一次用抽水马桶，也是在姨妈家。洗手间不见光，进去必须开灯。左边隔壁是客厅，右边隔壁就是厨房。乡村的厕所都离厨房和堂屋很远，我从没有在解手的时候一边听着炒菜声一边听着电视声，很紧张，即使插着门，也还是紧张。解完了，不知道该怎么办。踌躇着，听见姨妈在外边喊："好了没，住里边啦？"我说好了。她又喊："拉上面那个绳子！"我往上瞧，看见那个绳子，便支棱着脚尖儿去拉它。哗啦，水流泻出来，我马上明白了怎么回事儿，开始可惜了那水。那么干净的水呢。

后来，就长大了。初中毕业后，去焦作上师范，开始频频去姨妈家。或许是因为我已经长大，或者是因为她已经变老，她的脾气渐渐地平和，虽然也经常对我喊叫，却变得外厉内荏——我也确乎日渐强大，不再畏惧她。她是家里永远的主厨，炒菜做饭是一把好手，她炒的素白菜都让我百吃不厌，她蒸的馒头包子花卷永远让我贪婪，端午节前她早早就买齐了粽叶江米红枣花生，煮很大一锅粽子，粽子饱满得要撑破了粽叶似的，可是她的手艺那么好，怎么会让破了呢？

她也渐渐开始和我说一些家事，把我当大人。说姨夫的脾气，说她的婆婆，说她的宝贝女儿我的表姐娟子，说我酷爱下棋的表弟……

然后，我们兄弟姊妹一个个成家，她也退了休。再然后，我母亲去世。前些年，二姨夫也去世了。每到春节，我们几个都会去看她。她在两个儿子家轮流住，轧钢厂的老房子留给了表弟，表哥是新房子。有好几年冬天她都住在表哥家，因为表哥家的房子有暖气。同在焦作住的姐姐比我们去得都勤，她三五不时地会告诉我一些消息，近几年关于姨妈的关键词就是，她已经开始忘事，记远忘近。

今年，不知道怎的，她住在了表弟家。好多年没来过这边，我赫然发现，轧钢厂已经消失，盖成了新的商品房。把姨妈住着的那栋房子，衬得更加破旧。

"哎呀，都来了呀。"看见我和姐姐领着孩子们进来，她高兴得很。她的身子还很硬朗，走路轻捷，看不出什么毛病，只是似乎又瘦了，也又老了。

"你胖了呀。"她说我。

"我啥时候瘦过呀。"我说。

"那也是。"她笑。我们坐在沙发上，吃瓜子，喝茶。她看看这个，看看那个，问问这个孩子的名字，问问那个孩子的名字，过一会儿，再问一遍。我们都默契地配合着。不一会儿，她开始给孩子们发压岁钱，每个人二十块。发了一圈儿，看了看我，眼神有些犹疑，似乎在想，眼前这个女子，是不是应该发一下。

我伸出手。大家大笑起来，她也笑着，抽出二十块，说："给你。"

我没有接，说："太少了。"

她把那一沓二十块都递过来，说："都给你。"

我当然没接，她便又把那沓钱小心翼翼地收起来。又说了一会儿闲话，忽然，她看着姐姐，纳闷地问："二姐呢，她咋没来呢？"

二姐就是我。我就坐在她的旁边，紧挨着她。

"这不是她呀。"姐姐指着我。

"哎呀，老了。"姨妈不好意思地捂了一下脸。

我们又一起哈哈大笑。

我突然想起，我从没有问过姨妈的年纪。

"您多大了？"我说，"不对，该说您高寿？"

"我……"她认真地想着，"七十多了。"

"哪一年生？"

"民国三十二年。"她回答得很快，似乎这个年份就放在嘴边。

"咋说民国?"我们又都笑。

"就是民国三十二年呀。大灾,没啥吃,榆树皮都啃光了。"

"我妈比你大几岁?"

"大三岁。你妈是民国二十九年。"她的眼神澄澈天真,像婴儿。让我心碎。

我们起身告辞,她恋恋不舍,送到门口,蓦然想起了什么,又从口袋里掏出了那沓新钱,说:"还没发呢。"

"发过了!"我们齐声说。

她又不好意思地捂了一下脸。

她一直把我们送到车边,我们的车启动了,她还在那里站着。车转过弯,我和姐姐沉默了许久,姐姐才说:"其实也好。她生气也不会生很长时间的。"

二姨妈——这个称呼其实不是平素里用的。平素里,我们只叫她二姨。可是,写下这些文字的时候,却忍不住要加上后面那个"妈"字,因为对我而言,二姨她真的很接近于妈妈。

她的大名叫吕月娥。她的姐姐,也就是我的母亲,大名叫吕月英。

要爱具体的人

冬日某个午后，我在小区附近散步。阳光很好。很好的阳光往往会有一种奇妙的牵引力，引得人越走越远。走着走着，忽然就看见前面有家物美超市。我家附近也有一家物美，看见就觉得很亲切。此时，突然好奇：虽然都是物美，可不同城市、不同地段是不是也有风格差异？便进去逛了一圈。果然是有的，比如此处虽然毗邻大道，人却不多，同样的菜也比我家旁边的要贵一些。生活消费类的货架排得既少也不活泼。这大约跟人气儿有关。我家那边的物美因为去的人多，总是一副生机勃勃的样子，蔬菜流通很快，即便是很新鲜的菜当天稍晚也会打折，这就更吸引人去。良性循环就是这么形成的吧？

不过我倒是有一个新发现：紧挨着收银处的地方居然有间小小的门面，是个理发店，名字是"10元快剪"。

真是好名字。信息极其明确：十块钱，而且剪得很快。所以，快来剪吧。

我已经好几年没有进过理发店了，很明确的时间节点就是疫情之后。疫情使得出门不便，而且店家营业也不稳定，我也少了很多需要出门的活动，待在家里的时间大大增加，于是由着短发慢慢长起，前面刘海么，就自己对着镜子剪剪，后面则随便一扎，就这么凑合了一年，当然也是乐得省钱。然后就有了新问题：刘海可以自己剪，后面的头发嫌长了自己却剪不了——其实也不长，但我的理想尺度是能抓起来就好，能抓起来是为省事，再长一点就嫌沉——也试着自己上手，还真不行。逼着家里人拿我练手，也都剪过，效果实在是一言难尽，每次我都得再加工，还得把头发又上卡子又绑花儿地揪成一个小丸子才能遮丑。这就必须承认术业有专攻。

便进了这家店。这是几年来第一次正式进理发店。10元，没有经济压力。而且我毫不犹豫地做出了推断：托尼是位女士，正在给一个男人理发。她矮矮的，壮壮的，五十多岁的样子。短发。头发有些花白。这位托尼一定是速度快且效率高。经手的头多，技术也不会差。

看见我进来，她热络地招呼着，说等五分钟好不好？我说好。问她用不用洗头，她笑道，这里没水，不洗头。咱就只能是干剪撒。

本来听她口音就像四川人，这个"撒"让我更加确定。等了大约五六分钟，给那男人剪完，她利索地扫地，另取出干净围布给我围好。做这些的同时她已经言简意赅地问明白了我的基本需求：刘海是整齐还是碎齐，后面想剪得多短，马尾扎出来大概什么样。告诉我十五分钟就行。

甚合我意。边剪边聊。我喜欢和这样既生又熟的人聊天。生是因为不知道她的姓名，熟是因为这样的人生活里处处都是。所以啊，这都是些多么可亲可爱的人啊。

四川人？

嗯。

四川哪里呢？

绵阳。

绵阳我去过的。2009年，大地震后第二年。

哦，地震前我都来北京了，我来北京快二十年啦。

沉默片刻，继续聊。

四川人做饭真好吃，我一到四川就吃得要胖三斤。冒菜，水煮肉，酸辣粉，都喜欢吃。火锅更不用说啦。

我也很会做饭的，随便做做都很好吃。北京的川菜不行的。

我常在地铁上看到植发的广告，植发管用吗？

不管用，骗人的。昨天有个人来理发，就是植发，花了三万多，才不到半年，掉得差不多啦。

我笑。她也笑：还不如买假发哩。到处都有骗人的。我一个老乡小妹妹，来北京，第一个月工资发了八千，进了一个美容店，等到出了门那卡上只剩了几块钱，都被刷完啦。哭。报警，警察不管。说你消费了嘛，这事儿说不清。我刚来北京时也差点儿上当，在东直门，有人拉我体验，说免费，我进去就要我脱鞋，说先给我按摩，我没有按摩过，就觉得不对，就跑出来啦。

你真聪明！

就一起笑。

理完，扫码付款。问她今天理了多少个啦？你是第三十八个。一天能理五十个？差不多。那也不错啊，一个月能挣一万多。哪里能。要给物美交五块。为啥？这店面是人家的。那收你一半钱也是够黑的。还行哈。省了好多事。自己开店也好难哩。在这里嘛，稳稳的。

临走的时候，忘了拿菜，她喊我回来，打量着我手里的环保布袋子，以同道的神情和口气夸奖道：你这个袋子好。我也从来不买超市的塑料袋，不花那个闲钱。

赚钱不容易，能省个就省个哈。还保护环境是吧？我说是是是。很开心被她夸。

已经很多天过去了，每次看到物美超市就会想起她。想起她的笑容，想起她说"稳稳的"这句话时满足的神情。说实话，她的知足让我意外。此时去看，是我这想法有问题。人家怎么就不能知足呢？再往深里追究，你怎么就觉得人家该不知足呢？怎么就觉得人家的日子过得苦呢？人家没有活在你预设的剧本里，这不是挺好的么？

"要爱具体的人，不要爱抽象的人。"忘了是在哪里看到这句话，一直在我心中刻着，也总是能找到对应的诠释。比如这个"稳稳的"人，就是具体的人，多么值得爱。

路过人间

陌生人琐记

那天下午，在老家，我帮姐姐订煤球，送煤球的人性格很暴躁。我只是习惯性地挑剔说这煤球如何如何不好，他就怒气冲冲地说："不卸了，我们拉走。"又说："我们不走了，就等着你试，你试过了我们再说。"又说："我们不要钱了，你先烧三天。三天后要是觉得好我们再要钱，不好我们就拉走。东西还是我的，钱还是你的！"我一边听他自言自语一边看他卸着煤球，心想他要是边笑边说这些话该是一个多么像做生意的人。——不过，这样也没什么不好，生意人难道就非得没脾气么？

卸到最后，他把那些裂了缝的煤球一块块地砸到三轮车上，嘣嘣有声。有些没裂的煤球也被震裂了。看着他鼓鼓的脸，我不由得笑起来。

晚上看电视彩票开奖，其中一个环节是挑选现场彩民从塑料柱里往外扇气球，一个女彩民扇出了两个气球，在第三个气球就要飘出柱口的时候，时间到了，眼看失去了风力的气球要落回柱里去，主持人道："快扇，快扇！"——如是者三，似乎忘记了自己主持的身份，全不顾已到的时间。比赛完毕，有两个彩民都扇出了三个气球，并列第一，然而奖金只有一份，我本以为主持人会让他们均分奖金，或者再扇一次，没想到他却说："你们两个压指吧。"压指压了几个回合，他们伸出的指都挨不着。主持人有些急了，又说："你们剪子石头布吧。"于是两个彩民就剪子石头布起来。一次就有了结果。主持人很欣慰地松了一口气，脸上充满了童真的快乐。

也许在很多人眼里，他的主持行为不够规范。但不知为什么，我很喜欢这样的他。

从裁缝店取回新做的旗袍，忽然间对扣子不满意，便去找附近城中村里那个盘中式扣子的女人。城中村的名字叫刘庄，全刘庄的人似乎都认识她。一问盘扣子的女人，便说："是找小福媳妇的，腿是不是不得劲儿？"——意思是瘸了。

找到她家，我便等着，看着她给我盘扣子。她很聪明的样子，手脚麻利。屋子里，只有厨房和她做活儿的卧室亮着昏暗的灯。

"东边人家那条狗真大。"我说。

"那是条大狗。"她说。

"您盘扣子很多年了吧?"

"二十多年了。"

"有个手艺真好。"

"就是没常活儿。到冬天才能旺一季。"

"价钱怎么定的?"

"一副扣子一块钱。"

"挺好。"

"是个事情,瞎干呗。"

看着窗外黑洞洞的墨色,不知怎的,觉得十分亲切温暖,多年之前,我不就在这样的家里生活过么?这样的人家,从来没有让我感觉陌生过。

电视上播放着怀念马三立先生的专题。他真是一个可爱的老人。在天津大街上,七八岁的孩子喊他"马三立!"他一准儿满面笑容地答应,一边抱拳:"哎,哎,上学去啊?"没有一点儿架子。"我就叫马三立,人家喊我的名字对呀,干吗不高兴让人家喊啊,人家喊你是喜欢你啊。"他说。

在告别演出会上，他对拉板儿的师傅说："您拉大板儿我太放心了，太放心了。您只管拉您的板儿，实在跟不上我就别跟了，咱们面儿不见底儿见。"

有人问他为什么不让儿子说相声，他说："他脸上没买卖。"

"什么是买卖？"

"就是戏。"

众人大笑。——豁达，勤奋，自谦，平实。一个对艺术严格对生活宽容的老人，对自己严格对别人宽容的老人。

那天，容纳四千人的天津体育馆座无虚席，许多人流下了热泪。看着电视里的影像，远隔几千里，我也流了泪。他是个让人笑着落泪的人。我想，只要还有这样的人，这个世界就值得热爱。

有一次，坐高铁，坐的是一等座。钱花哪儿哪儿好，必须承认这一点。一等座的空间大，座椅也更舒服。可能是人少的缘故，车厢里也相对更安静，人们也更淡定一些。我旁边坐的是一个四十多岁的女人，化着淡妆，很娟秀的样子。穿着民族风的裙子，上黄下黑，颜色鲜艳。更有趣的是外面的防晒衣是非常娇嫩的玫瑰红。我们的聊天就从衣服开始，我夸她穿得好看，她说："现在这个年纪，不上不下的，都不知道该怎么穿了。穿得太嫩，不像样。穿得太老，不甘心。后来想想，管他呢，反正都这样了，想怎么穿就怎么穿，图个自己高兴。"

然后说她在湖北荆州长大，现在住北京。此时的高铁已经进入河北界，夏末初秋时分，一派浅浅的秋色。她说："你看，这北方的田野，要是没有了绿庄稼，可真是荒凉。尤其是到冬天，树都光秃秃的，什么都没有。看着心都发冷。还是我们湖北好看，稻田这时候还是绿的。那里的空气也好，人们的皮肤也好，女孩子也漂亮。就是冬天，树也是绿的，滋润得很。"我说我看惯了北方的冬天，觉得光秃秃的树也好看，有一种硬冷的美。她笑了。

一路上就是这些闲话。她说得多，我说得少。

临别的时候，她送了我一个嫩嫩的芳香的莲蓬："刚上市的，味道正好。我特别喜欢吃莲蓬。你也尝尝吧。"

有一次，坐软卧，是哈尔滨到武汉的车，我从菏泽上车，到郑州下，不过三个多小时。进到包厢，我看到包厢的四个铺位，只有一个姑娘。她正埋头打着手机游戏，听到动静，问我这是什么地方。然后两个人便聊起来。她是从始到终的旅程。她是哈尔滨人，工作在武汉，也在那里结婚生子，可是还没有买房子，所以把孩子放在哈尔滨的娘家。这是刚刚看过孩子回来。她长着一张典型东北姑娘的脸，大大的骨架，鼻梁挺直，眼角上扬，妩媚秀丽。我前不久刚刚去过哈尔滨，便和她聊起格瓦斯汽水，秋林红肠，松花江游船，酸菜馅饺子，索菲亚教堂……我想起一种水果，小小的，酸甜味的，外面包着几片薄薄的叶子，像个小灯笼，似乎是野生的浆果，可是怎么也想不起当初听到的那个名字来。两个人琢磨了半天，她终于确定"是灯笼果，又叫姑鸟"。我终于也想起来，那个名字就是姑鸟。我们又在手机上百度了一下，这种水果又叫美国珍珠果，还有一个土名字，叫"黄姑娘"。

临别的时候，我送她一本刚刚读完的小说，她送我几个梨，是我从来没有见过的梨，土黄色的底儿，有很可爱的红晕，汁水丰沛，果肉细腻。她说叫"黄果梨"。——告别时得到了这么美味的梨，是很适宜的。

那是在老家县城。一天夜里，我徒步去剧院看戏，散场时天落小雨，便叫了一辆三轮车。那个车夫是个年近五十的白衣汉子，身材微胖。走到一半路程的时候，我忽然想起附近住着一位朋友,我已经很久没见到她,很想上去聊聊。便让车夫停车,和他结账。

"还没到呢。"他提醒说,大约以为我是个外乡人吧。

"我临时想到这里看一位朋友。"我说。

"时间长么? 我等你。"他说,"雨天不好叫车。"

"不用。"我说。其实雨天三轮车的生意往往比较好,我怎么能耽误他挣钱呢?

然而,半个小时后,我从朋友的住处出来,却发现他果真还在等我。他的白衣在雨雾中如一盏朦胧的云朵。

那天,我要付给他双倍的车费,他执意不肯:"反正拉别人也是拉,你这是桩拿稳了的生意,还省得我四处跑呢。"他笑道。我看见雨珠落在他的头发上,如凝结成团的点点月光。

负责投送我所在的小区邮件的邮递员是个很帅气的男孩子,看起来只有二十岁左右。染着头发,戴着项链,时髦得简直有点儿让人不放心。其实他工作很勤谨。每天下午三点多,他会准时来到这里,把邮件放在各家的邮箱里之后,再响亮地喊一声:"报纸到了!"

"干吗还要这么喊一声呢? 是单位要求的么?"一次,我问。

他摇摇头,笑了:"喊一声,要是家里有人就可以听到,就能最及时地读到报纸和信件了。"

后来,每次他喊过之后,只要我在家,我就会闻声而出,把邮件拿走。其实我并不急于看,而是不想辜负他的这声喊。要知道,每家每户喊下去,他一天得喊上五六百声呢。

水仙花菜

很长时间没去菜市，今天偶尔进去，但见满眼葱葱翠翠，竟然也不觉得嘈杂喧嚣了，极有兴致地逛着。

一位衣着粗糙的老人正蹲坐在他的摊位前，低着头在篮子里摸索着什么，篮子前立着一个极小的纸牌：水仙花菜。

眼前顿时呈现出凌波仙子的绰约风姿。禁不住问："给我瞧瞧水仙花菜吧。"

老人从篮子里抓出一把，伸到我面前："味道好着呢。"

我哑然失笑："这不是荸荠么？"

"那不好听。"他说。

"就是种菜，好听不好听又有什么要紧。"

"菜是人吃的。人都爱美的东西。"他温和地笑着。

我也笑着，买了两斤回去，一路想着这个菜名。我不大喜欢吃荸荠——可是，这次我买的是水仙花菜啊。

一把花籽

怀着对《牡丹亭》的想象,我走进了遂昌。遂昌是汤显祖待过五年的地方。四百多年前,他来到这里做了五年县令。1598年,即万历二十六年,仕途一向失意的他主动向吏部递交辞呈,不等批函回复就拂袖而去,回到了家乡临川,自此再未复出。也就是在这一年,艳绝于世的《牡丹亭》成稿。《紫钗记》《牡丹亭》《南柯记》《邯郸记》,是他的"临川四梦"。他说:"一生四梦,得意处惟在《牡丹》。"

作为春天的花朵,牡丹没有开在遂昌,但作为文学的花朵,《牡丹亭》在遂昌却几乎处处流芳,包括手里的这本《遂昌行游记》。这是我见过的最有文学品位的旅游指南,没有之一,就是最。游记里把遂昌按五行里的"金木水火土"来宏观架构:金是金矿,木是山林,水是温泉,火是红色历史,土是乡村。每个章节都是

《牡丹亭》里出现过的词牌名:绕地游,步步娇,画眉序,破齐阵,山桃红……而起首的序,居然是《牡丹亭》的词句:"是哪处曾相见,相看俨然。"

——是哪处曾相见?

那一处,是在红星坪吧。那条路,左边是水稻田,右边是荷花池。水稻田里,修长挺拔的碧绿水稻叶衬着沉重饱满的黄绿长穗;荷花池里,亭亭如盖的荷叶衬着一池子刚刚打苞的荷花骨朵儿——全都是粉白的荷花骨朵儿,水灵娇嫩极了。荷塘和稻田传来一阵阵清脆的蛙鸣,似乎在欢迎我们的光临,又或者是在吐槽我们的打扰。酒店就在村子旁边,可以闻到村妇炒辣椒的香气。路很窄,似乎是很久以前乡村的路,一直没有修。我希望它一直不要修,希望不要有太多人来。人一多,就是伤害。

还有一处,是在途中短暂休息的地方。那地方叫什么已经记不得了,只记得我们要上卫生间,车便停了下来,指着一排房子让我们去。那是一溜儿农家房舍,家家都开着门,家家门前也都有一块菜地,菜地再过去是一个凉棚。一些老太太在凉棚里闲坐,听到声响便齐齐地看着我们。菜地和凉棚之间有一条路。我们顺着路分散开来,去各家各户的卫生间,有的家里没人应答,老太太们却还是笃定地指着让我们进去,一点儿都不防备和警惕我们这些陌生人。

我去的那家有人。一个房间里传出哗啦啦的洗牌声,俨然在打麻将。我上完卫生间,在他们客厅稍作停留,想听听他们打牌的闲话,却看见墙上贴着一张横长的红纸,起头是:"曾洁、张琴结婚花烛日婚宴承蒙亲友帮工鸿名在上",后面便是司点、司茶、司酒、利喜、礼客、账房、走堂等若干分工展示。落款日期是二月份。二月份结的婚,八月了这纸还在墙上好好地贴着,可见珍爱。正看着呢,从打牌的房间出来一个中年男人,告诉我这喜宴是为女儿办的,女儿小日子过得很好。然后他看着墙上的字,对我说:"这字写得好。"我笑。嗯,这字真是写得好,规规矩矩,周周正正,一副诚意过日子的模样。

出来门,我们和老太太们闲坐。她们的话我们不大懂,但她们都大大方方地笑着,这些笑容是到哪儿都能懂的。她们的笑容映着花,七叶花——在西藏叫格桑花。这些花,开在哪里都是一片明媚阳光。还有一些花是我最熟的,叫指甲花。很久没有回乡下,没有看到指甲花了。我便采起花来。——采花总是让人有负罪感,但指甲花除外,因它有比观赏更可爱的实用性,似乎天生就是让采的。

在乡下的时候，我每年都要种指甲花。指甲花多好啊。泼皮，结实，春天撒下种，风风雨雨的就不用再操心，不几天就出了两牙嫩嫩的翠苗儿，出了苗儿，一天一个样儿，像女孩子一般，葱葱茏茏，苗苗条条地，就长起来了。到了初夏，叶子抽得细细的，长长的，叶根儿就打起绿色的小苞，该开花了。一开就是一个长夏。白的，粉的，黄的，紫的，大红的……这些花都好看，当然，更好看的，是花开到女孩子们的指甲上，一开也是一个长夏。

日子是有脚的。过了立秋，指甲花明明还艳艳地开着，那红却成了空的，染到指甲上怎么都不上色了。然后，花样子也渐渐地空了，开得渐少，渐败。花落之后开始打籽儿，霜降之前，籽儿就一个个结牢实了。

我一朵一朵采着，一会儿就采了一捧。一个瘦弱的老太太先是看着我采，后来也走到花丛边采了起来。她边采花边指着叶子说，这个叶子也可以用。我点头。这个我知道。曾以《指甲花开》为名写过一篇小说，查过一些指甲花的资料。它性温，味甘，微苦，有小毒。别名指甲草、染指甲花、凤仙花、小桃红、透骨草等。它的叶子捣汁外敷，可以活血化瘀、利尿解毒、通经透骨、软坚消积、祛风止痛，亦可用于闭经难产、跌打损伤、瘀血肿痛和风湿性关节炎。指甲花种子含皂苷、脂肪油、甾醇、多糖、蛋白质、氨基酸、挥发油等。亦为解毒药。

要走了，老太太示意我上前，她把手里的花递了过来。我接过去，感受到她手的温热。老太太又让我停一停，去采花籽儿。指甲花的籽儿也有趣：如果不动它们，它们就严严地裹在一个绿色的圆团籽苞里，这个籽苞嫩绿嫩绿的，看起来像没开的花苞。采的时候，要格外小心地从籽苞根处下手，连带整个籽苞都采下来，这样就省事了。如果稍一粗鲁，触到苞身，那可就难收拾了。籽苞在触到的一瞬间便爆裂开来，如一枚小小的炮弹，炸出无数的籽儿。有的籽儿落到地上，有的籽儿落到花枝上，有的籽儿则落到手里和衣服上，而那张包着籽儿的嫩绿皮儿呢，顿时蜷缩起来，如同一颗瘪了气的心。这是个小小的技术活儿。老太太采得轻巧敏捷。采好之后，她小心地择掉杂质，一把花籽儿拾掇得干干净净，朝我递来。我早已腾出来一只手，恭恭敬敬地接住。这一把小花籽儿，黑黑褐褐的，圆圆润润，结结实实。真是一把漂亮的小花籽儿啊。

上车之后，我回头，老太太目送着我，沉默着，嘴角略带着笑。"是哪处曾相见,相看俨然",这个慈爱的老太太,她也是我相看俨然的一个。

临别遂昌的前夜,我们在县城的一家茶馆看《牡丹亭》,不是全本,只是很微小的一部分,连一折的内容都不到。全是旦角。杜丽娘有好几个人演,春香却只有一个。给这个杜丽娘配完戏又去给那个杜丽娘配,虽是一句唱词没有,眉梢眼角却始终是饱盈盈的天真欢悦,恰似一朵牡丹初绽。看到她,不由得想起自己年轻时的样子,那种懵然纯净,也是"相看俨然"。

……

如今的我,到底,终于,还是逐渐懂事了。也似乎任何方式都可以促进这种懂事。比如,游历的时候,也越来越习惯透过风景体味更多。手里握着老太太赠送的一把花籽儿,我已然觉得:这花籽儿若是种在了我的花盆里,来年姹紫嫣红开遍,那便可以叫作小春香,可以叫作杜丽娘,也可以叫作那个不知名的老太太。可以叫作牡丹亭,可以叫作汤显祖,当然也可以叫作遂昌。

西湖晓春

暮春时到杭州办事，事办完，翌日早上却因飞机延误到了下午，不能按计划走人。倒也正好，可以理直气壮再待一上午。没有告诉任何朋友，就自己一个人。忽然想，也许我潜意识里就很喜欢这样的时间吧，"偷得浮生半日闲"，可不就是偷来的么?

早饭后去散步，先在酒店园子里走，酒店紧挨着杨公堤。右手边是条小河，我原以为是小湖，遥遥看着有只小船悠悠划来，这才确定了河，只是河面到了此处变宽了。宽处似湖，因水面平静。窄处似河，可见波流。沿河处设有茶座，两位老人在聊天，似多年老友。我边拍照边听，他们口音浓重，我一句也听不懂，但听他们感慨的口气，便也跟着暗暗感慨起来。

跟在小船后面慢慢地走，眼看小船朝着一座桥的方向划去。拱桥倒影在水中，虚实共同构成了一个圆。更远处绿树掩映，绿影层层叠叠，一直铺陈至西湖。仔细去闻，甚至能隐隐闻到那边传来的清气。

那我也去西湖走走吧。

便在手机上看起地图，灵隐寺离这里也不远，出酒店左拐就是灵隐路，一路林荫小道，不过三公里即可抵达。便暗暗想，下次若还住在这里，就去灵隐寺。又顺手查了杨公堤的资料，方得知"杨公"指杨孟瑛，字温甫，重庆丰都人。明弘治十六年（1503）出任杭州知州。因西湖淤塞，杨孟瑛实施了颇有规模的疏浚工程，并把疏浚出的淤泥杂草等筑成一长堤，此堤北起仁寿山、马岭山脚，南至赤山埠、钱粮司岭东麓，遂被后人称为"杨公堤"。

如今堤不临水，杨公堤上车辆穿行，俨然一条繁忙的马路。有斑马线却没有红绿灯，穿行此路得等车流间隙的空当。居然等了好一会儿。倒不是等车，而是被车等。起初我还没有意识到这一点，就默默等着。那车也不急，也默默等着。我这才意识到车在礼让行人。明知我在等，也要等我先过去。好像在比谁更耐心，谁更讲究。于是我走过去，再回头微微点头致谢。

过了马路，便进了水杉林里。在我的记忆里，这水杉林是西湖的标配。年轻的时候，第一次来西湖，我最初的印象就是湖边的水杉林。林中静谧，却不是死寂。鸟儿们飞来飞去。遥遥的，人语声依稀。阳光从枝叶间穿过，也在说话似的。我慢慢地走，知道这景色其实也平平。一切都是平平，但因西湖的缘故，到底不那么平平。草木清香。红花酢浆草正在开花，蓬萍草也开出黄的小花，鲜红的蕊，非常娇艳。在桥边遇到一棵小蜡树，雪白的花十分蓬勃。玫红色的蔷薇则揽在石桥壁上，这没人打理的野蔷薇，也开得那么好……我试着用手机拍下它们，照片却不能和本尊比。

水面越发舒展，就近了西湖本湖。小鸭子，喜鹊，麻雀，该飞的飞，该游的游，各得自在。还有初绽的荷叶，被网浅浅地围了一下，可以想见荷花盛开的样子。也是，西湖怎么能没有荷花呢。也看见越来越多的船，来来往往。但因湖面浩渺，显出船小，星星点点游荡在湖面上。但凡行到眼前，才觉船只都挺大。远远看着雷峰塔，三潭印月，景致的名字正好对上。其实对上对不上，也不那么要紧。

慢慢地，就拐到苏堤上。前面是一家五口人，爷爷奶奶或姥姥姥爷？老先生儒雅，老太太慈祥。一个小宝贝，两个小夫妻。女子娟秀，男子帅气。小宝贝自然十足可爱。真像是广告上的美满家庭，只是比广告更添真实。

路边竖一大牌子,我驻足细看。写的是行政内容,里面列着湖长们的名号。原来还有湖长一说,且湖长们还有级别:市级湖长,区级湖长,乡级湖长……我从来不羡慕谁当领导,如今却羡慕这当湖长的。忽想,只要能享受这西湖的,不都是湖长么。——转念再想,如果真是湖长,还有闲心看景么?

景自是好的,最妙的却还是人。比如在苏堤上走着,忽然就遇到行人指着偌大一块空地,说这就是晚上实景演出的台子,不买票不让看的,到了晚上就会用绿幕布围起来。我想起昨晚在酒店里听到的声响,原来那就是赫赫有名的"西湖印象"实景演出。但即便知道了,如今我也没有观赏的兴致。又听那人说:不买票也能看。这周边有保安,保安也是人嘛。我有一次就跟那保安说,围布接缝儿的地方就让人看几眼怎么了嘛。他就让我看了好一会儿,看了好几个节目。还看到演员们下场。你猜怎么着?他们的演出服就扔在冬青树上。那么华丽的演出服,瞧着花花绿绿金金银银的,就那么随便扔着,全不当回事儿。我纳闷,怎么就没地方挂衣服?再一想,那么多衣服可怎么挂嘛。

那人边说边笑,听的人都笑。我也忍不住笑。

归途上一路都是茶馆。其中一间名为白娘子许仙茶酒馆，牌子上写着白素贞奶茶，雄黄酒奶茶，宋代奶茶，梦华录茶百戏……各种混搭。如果白娘子再来一趟这人间，又会经历些什么呢？

午饭我独自吃，点了两个菜。都是时鲜菜。一个龙井虾仁，一个松露酱金针笋尖。一碗白米饭。来这里可不得吃这些么？

又想起"苏堤春晓"这个景致，这四个字搭起来怎么就那么合适。尤其是"春晓"二字，简直不可撼动。春晓意为春日早上。我这算是晓春——在春晓时分，晓了一下春。

饼 的 事

1

年近四十的时候,我学会了做鸡蛋饼。只在早晨。

一点儿面粉,一点儿盐,一点儿水,把这些搅拌成均匀的面糊,打一个鸡蛋进去,继续搅拌成微黄的鸡蛋面糊。然后开火,放上平底儿煎锅,倒上一点儿油,把鸡蛋面糊摊到锅里。面糊起初不会流淌成自然的圆形,厚薄也不一致,这都没关系,待它们在锅里稍微定型,持起锅柄,高高低低左左右右地让锅侧转,还没有凝结的厚面糊便因器随形地流淌着,终会成就一个相对完美的饼状。原本微黄的颜色也因逐渐升高的油温的激发,变成赏心悦目的金黄色。

然后翻到另一面。此时的饼已经八成熟。把火调小。侧耳倾听儿子在卫生间的响动。待听到他以特有的强大力道发出的响亮的咕嘟咕嘟的漱口声，知道他的洗漱工程即将完毕，便撒上一点儿极碎的小葱叶儿来调色，将饼出锅，盛在白瓷盘里，端到餐桌上。当然，不能忘了在调味碟里斟上一点儿醋。凌晨六点，食欲还在休眠中，这点儿酸能有效唤醒味蕾。

一张这样的饼，配上大米粥、小米粥或者玉米粥，配上一份翠绿的凉调黄瓜，这是我们最日常的早餐。粥里的水分太多，菜呢，毕竟是菜，相比之下，饼就成了最重要的能量担当。

还有一种鸡蛋饼，是我怎么学也学不会的。它全称"鸡蛋灌饼"，也简称鸡蛋饼。省略的这个"灌"字，就是它的核心技术。在河南，据说做鸡蛋灌饼最好的是开封的"王馍头"。他家的小吃三绝就是拉面、菜盒、鸡蛋灌饼，人们都说，在开封，如果谁没听说过王馍头，那他一定算不得一个真正的开封人。

他家的鸡蛋灌饼绝在哪里？无他，就是这个灌字。别家的只能灌在中间，王馍头的鸡蛋灌饼却能一直跑到饼的最边边儿上，那个分寸太微妙了，稍微过一点儿就无法保持，可是人家就是一点儿也不会过，且外皮焦脆，内里软嫩。

2

饼还分烫面饼和死面饼。

一位擅长面点的河北朋友就曾活色生香地教诲过我烫面饼的做法："……烫面饼好啊，好消化，对胃好。咱这边不都喜欢用冷水和面么，那就是死面饼。死面饼硬，不好消化，对胃不好。烫面饼呢就用开水和面：放了开水，放了面，用筷子搅啊搅啊搅啊……用手和，那不得把手烫了？不成烫面饼，成烫手饼了，哈哈。

"烫面饼对胃好，这也是河南人的吃法，我河北娘家都是吃死面饼。这又有一说。他们做死面饼不是为了直接吃死面饼。每次都做得可多，就是没打算吃完，剩下的怎么办？做炒饼啊，烩饼啊，焖饼啊……做炒饼的最多。圆白菜切成丝，青红椒切成丝，绿豆芽也是黄金搭档……"

3

饼也分发面饼和不发面饼。

发面饼需要放酵母粉，最好再放点儿白糖，用温水和面。这样做出的饼松软酥香,也很好消化。

——发酵粉,让我想起电视剧《我的名字叫金三顺》,这是我很喜欢的韩剧。金三顺,一个来自底层人家的平凡得掉渣儿的女孩,一个三十岁的职业蛋糕师,性格粗线条,刚刚被相处三年的初恋情人抛弃,又被年轻的老板拿来当爱情炮灰……她似乎一直是别人的笑料,但是她勇敢,天真,乐观,简单,倔强。正如与她假戏真做的钻石王老五玄振轩所言:"她是用自己的双手努力实现梦想的女孩。她知道自己的处境,她知道在这世上自己该做的是什么,以后该怎么活下去。她有着健康的价值观和思考方式,是个明快的女孩。"正因为三顺的人格魅力,玄振轩才毅然斩断与前女友熙真的旧情,投入三顺的怀抱。当熙真说:"她现在闪烁着光芒,可过一段时间你就会忘记,像我们现在这样。那你也还要去爱她吗?"他的回答是百分之百的三顺风格:"虽然人都知道自己将来一定会死,但是现在也还是一定好好活下去。"

关于面粉,三顺曾在工作日志里如此自白:"面按用途分为两种:放发酵粉的和没放发酵粉的,放发酵粉的面粉会很快发酵,而没放的时候面粉会自我呼吸……我要做没放发酵粉的人!"

嗯，如果我的人生没有福气获得发酵粉——回想起来我获赠的发酵粉还挺多的，这个假设真有点儿矫情——那么，如果我的人生没有福气获得发酵粉，我也会努力经营的。

4

十几年前，在县城生活的时候，家附近的小巷口有一家卖烧饼的小店。因为经常打交道，烧饼店的女老板和我很熟。她的烧饼口碑很好。面揉得筋道，烤得也金黄焦脆，香气十足。更让我留恋的是她熬的热豆腐串，一块钱两个，夹在烧饼里吃，简直让人百品不厌。

买过烧饼，我们照例扯一会儿闲话。正说着，一个收破烂儿的老人在我们身边停下来，递给女老板一张皱巴巴的两元钞票。女老板很快给他装好一摞烧饼。他拿在手里，打量了一下。

"别查了，老规矩，九个。"女老板笑道。

他笑了笑，走了。

"你多给了他一个呀。"我犹豫了一下，虽然觉得收破烂儿的挺可怜，但转念又想，他不差这一个烧饼，于是还是忍不住提醒女老板。

"每次我都多给他一个。"她很平静。

"为什么?"

"多给他一个烧饼,你也眼馋?"她开玩笑。

"那当然。"我也笑,"一样都是消费者,为什么单优惠他?"

"不仅是他。所有干苦力活儿的人,我都会多给一个。"女老板叹口气,"他们不容易。"

"我也不容易啊。"

"你要是真不容易,就不会每次都吃豆腐串儿了。"女老板白我一眼,"你每次都吃,那是你觉得一块钱不算什么。可是在他们眼里,一块钱的豆腐串可没有一块钱的烧饼实惠。他们决不会拿这一块钱去买豆腐串,只可能去买烧饼。因为这一块钱是他们打一百块煤球、拾二十斤纸才能够挣来的。——所以,在他们面前,你可真的是没有资格说不容易。"

在她的申辩声里,收破烂的人已经走远了。我也笑着告辞。握着手里温热的烧饼,我心里充满一种无以言说的感动。她话里含着的朴素的道理和朴实的逻辑,让我不但无条件认同,并且,还怀有一种深深的喜悦。

"多一个烧饼,你也眼馋?"我又想起了她的话。不,不是眼馋,而是心馋。我甚至有些嫉妒。我羡慕这种人与人之间所拥有的高尚的怜悯、同情和理解。我在意这种不为任何功利所侵入的馈赠和关爱。

将来，如果我遭遇生活任何形式的打击和颠覆，但愿我也会拥有这样一个珍贵的烧饼。

老家山中春天的花

许久没有回老家了,不时接到老家朋友的问候,说春天要抽个空回来呀,咱们去山里看花。被这话勾着,想起老家山里的花来。

老家的山是太行山。八百里太行从东北走向西南,跨了京、冀、豫、晋四地。到我豫北老家已基本是南向,便称南太行。若由高处俯视,从北边的大平原向南逐级攀升,可见此处山势如一面巨坡,一到春天,这坡上次第开放的花便如锦似绣。

最早开的是野桃花。老家人叫她漆桃花。漆是老家人常用的形容词,赞什么可爱都会叫漆。一声。夸小凳子小孩子都说漆巴巴的。初寻思我也不知道是哪个字,查了查,也没找到能完全合上意思的字,只好往偏里想,或许是绮? 又或许是漆? 像上了漆一样鲜亮? 虽有点儿牵强,我还是按自己的喜好,就用了漆字。

漆桃花的粉是极淡的粉，阳光下远看时，竟觉得是雪白，近看才会察觉到粉，粉中偏红。花骨朵红得深些，慢慢绽开的那些花就成了粉红，开得再充分些，便成了粉。五瓣，细长的花蕊，稍稍往里扣着，有些羞涩。开得最饱满的时候，一阵风吹来，就落成桃花雪。几乎是同时，花柄和花托之间萌出小小的绿芽——叶子出来了。

野杏花跟着漆桃花的脚，开起来也是轻薄明艳，只是花期短，风吹一阵就散落了。和她一起开的是山茱萸。山茱萸乍一看跟黄蜡梅似的，只是比蜡梅的阵仗要大。她是树，开出来便是花树，不管大花树还是小花树都披着一身黄花，黄金甲似的，每个枝条每朵花都向上支棱着，十分硬气。且有一条，风再吹她的甲也不落。随便落的还能叫甲么？跟山茱萸一个色系的要数迎春和连翘，连翘更多一些。连翘的嫩枝条老家人称黄花条。再然后是黄刺玫。黄刺玫开起来特别当得起一个"盛"字：一朵朵的，圆溜溜的，在路边，在坡上，密密匝匝，累累垂垂。你不知道那个颜色有多软，那个枝条有多繁，那个味儿有多香。

跟着这批花出来的就是灯台草，只是一个开在高处，一个开在低处，没人去看这低的。刚出土的灯台草贴着地皮，虽是草，却极像花，娇小玲珑中，泛着娇娇嫩嫩的红。她还有一个名儿，叫五朵云。幼时茎顶生五叶，再长高些就歧出了五枝，枝上再开出黄中带绿的花，花下也生五叶。总之她是离不了五这个数，这应该是五朵云的来由。五朵云虽好听，我却更喜欢叫她灯台草。小时候受过她的害。有一回采了一把玩，回家后肚子和腿又疼又痒，闹了两天才好。奶奶仔细询问，知道我碰的是她，就说，再碰就会烂肠子、瞎眼睛。她是毒草。按中医的说法，凡草皆是药，毒草也能入药。不过常人不知其药性却易惹了毒性，那还是躲着点儿吧。

荠菜的花也是黄的。因为和山下隔着温差，山里的荠菜能一直吃到三月三。这时节，山下的荠菜早就花开成片，起了硬莛，就吃来说已经算是老了，可山里的荠菜却正是蓬勃壮嫩。三月三这天，荠菜是主角。"三月三，荠菜煮鸡蛋，胜过仙灵丹"。另有一种说法：三月三是荠菜花生日。后来我又搜罗到第三种说法："二月二，龙头抬。三月三，生轩辕。"这么看来，黄帝和荠菜花竟是同一天的生日？

这一天按老规矩还要戴荠菜花。"戴了粮仓满，不戴少银钱"。如今自然是没人戴，却可以放在灶边，据说能防一年的虫蚁。去年三月三的时候我恰好在老家，便冷水坐锅，放了几颗鸡蛋，又将荠菜连枝带叶整棵盘进去，开火煮几分钟，放些盐，把鸡蛋皮儿挨个敲了缝，小火又煮两分钟，过了凉水，剥了蛋壳，摆在青瓷盘里，再放几枝带花的荠菜棵。白的雪白，青的淡青，绿的鲜绿，煞是好看。

对了，稍晚些开黄花的还有蒲公英。仔细去看，路两边全是。好多打着苞儿，一副蓄势待放的模样。这苞儿小小的，是毛茸茸的绿，心心里含蓄地透着一点点儿黄。过不了几天，黄花就晕染开，金灿灿的，且得是24K的金。

再然后就是春末，果树的花迅速地缤纷起来：山楂花雪白，柿子花淡黄，泡桐花浅紫；比较起来，我一直纳罕核桃什么时候开花，被山里的人特意指点了才知道它开绿花，花绿叶绿，粗看可不就是没开花。仔细去瞧还能分辨得出雌雄花，雌花花头比雄花多了一点点紫红。似这般低调内敛的还有榆树花。榆树的花是暗红色，极微小，紧贴着枝干，很像刚打骨朵的小梅花。很多人以为榆钱是榆树的花，其实那是她的果，这才是她的花呢。

公交车上

天气很热,我搭了公交车。包里有不少现金,我知道我应该打车的。可我就是不想如常。偶尔,我就想违反规律一下,我想闻闻车上的汗腥味,也想试试究竟有多少小偷惦记着我包里的钱。村姑样式的装扮让我对自己的安全性多少有些有恃无恐。

车来了,是80路。这是我最常见到也最常坐的公共汽车,始发站就在我家附近。每天早上,我都要把儿子送到80路的站牌下,看着他排在人群中,上了车,他小小的手拿出公交充值卡,叮咚一声,刷卡声过,找个座位坐下——始发站就是这点好处,一般都有座位。听过一个关于公交卡的故事,说一个农民进城坐公交,看见很多人都把手往刷卡机前一伸,那机器就自动报了:叮咚!学生卡。叮咚!老人卡。叮咚!A卡。叮咚!B卡……于是他也把自己长满厚茧的大手往刷卡机前一伸，刷卡机果然也报：叮咚！农民卡。

这个故事初听似乎在调侃农民，仔细回味就觉得，里头有委婉的心疼和酸涩。

儿子的公交卡不是学生卡，学生卡每月25元，刷一百次，如果用不完，下月自动归零。因我下午可以接儿子放学，所以他每天只坐一趟早车，一个月最多坐25次，按B卡每次收费八毛算，也才二十块钱，于是我给他买的B卡。老百姓过日子，这种日积月累的小账，不能不算。

上了车，扑面而来的果然是浓重的汗味。天气的热把公交车闷成一个大蒸锅，蒸的都是"包子"，可不是么？老人，孩子，中年，青年……一个一个肉墩墩地坐着，站着，黄白兼有的面皮儿，里面是满腔血肉的馅儿。中年人和老人们都衣衫齐整，扣子能扣多严就扣多严，穿得最随意的是青年和孩子，这是时间赋予他们的权利，也是青春赋予他们的权利。谁让他们的身体，露一分是一分的好看，露两分是两分的好看？

车上没有座位，我站在司机后面的一小块地方里，那块地方可能因为下方是油箱或者什么重要汽车机械脏器的关系，被一层厚厚的铁皮钉成一小块高地，周围是一圈简易的栏杆。我站在高地上，视线很好，也和其他的人无意识间隔开了，有着相对的宽松和简便。我看着车外，车流滚滚，宝马，奔驰，别克，奥迪……车型都很漂亮，但和公交车一比便都小了一号，如同玩具。驾驶着公交车这样的庞然大物，司机会不会很容易产生优越感呢？反正在这个城市的大街上，看到最理直气壮的汽车，便是这种公交大巴士了。若是以前那种两节车厢的大巴士没有被淘汰，最威风的便是它了。这种最泼皮，最大量，最能盛装，也最能吞吐的车，它像什么呢？像一个老保姆，一站一站的，把这些不同年龄不同职业不同身份的人揽到怀里，暂时看管一会儿，又放回到街上，让他们各自去到各自的去处。

不由得想起很久以前的公交车，样子和现在的差不多，方方正正的头，长长的身子，前门、中门和后门，不同的只是颜色。车体都是白色，车体勾边的颜色最常见的有两种，一种是红的，一种是蓝的。除了这勾边的颜色，其他地方都干干净净，本本分分的。随着风吹雨淋，红色和蓝色渐渐斑驳起来，沧桑起来，老旧起来，逐渐露出褐色的铁皮。坐得越久，对它的特征越熟悉，在远远还有两三站地的地方，只要它一进入视线，就知道肯定是它了。而现在的车，颜色多了，红的，黄的，绿的，蓝的，白的，粉的，印着花花绿绿的广告，绝不浪费一点儿空地。有饮料广告，房地产广告，美容院广告，超市广告，隔一段时间这些广告就会把公共汽车们的身体刷新一遍，大换一次。它们的皮肤动荡这么厉害，因此无论坐了多久的路线，都不敢掉以轻心，每次都得好好地确定一下，不然就有搭错车的风险。

在站台等车也是一件有趣的事情。自己置身其中的时候并不觉得，坐在别的车里路过公交站牌的时候去看那些等车的人，感受才极其明显。那么多人像企鹅一样站在那里，不同装束，不同打扮，但是在风中，在清晨的阳光中，他们的神情却如此一致：所有人齐刷刷地朝着同一个方向看去。他们在看什么呢？一瞬间我有些恍惚，想了想才回过神：他们当然是在等公共汽车。他们等的车次不尽相同，但他们都在等。等得那么焦急，那么认真，那么柔顺，那么乖巧。他们有不同的愿望，不同的目的，不同的工作，不同的背景……但此刻，他们都在等公共汽车。在公共汽车面前，所有人一律平等。漫长的人生，各异的心灵，总有些微的地方能让我们找到汇聚的温暖。

一站，一站，车上的人越来越多，一个小男孩从我的胳膊下把头一弯，就站到了我面前，几乎顶住了我的下巴。一个老太太也随即跟过来，隔着我的胳膊指点他的安全，我于是让开，她连忙占领我刚腾出的地方，与她的宝贝肌肤相亲。一个男孩看了我一眼，从座位上站起来，我正疑惑他又把眼光朝我面前的老太太示意了一下，我便告知老太太一声，让她抱着她的宝贝坐在了座位上。

郑州公交车让座的风气是越来越好了。我松了口气，又站回原位。有些隐隐的安慰：我还没有老到在公共汽车上被人让座的年龄。曾目睹一个老太太上车后，司机好心地请人给她让座："有谁给这位老太太让个座？"马上就有人起来，老太太不肯坐，司机坚持，老太太终于动怒了："老太太，老太太，你怎么这么叫我？我有这么老吗？"

在报纸上看过，说因为老年卡免费，有些老年人便不自觉，有事没事就坐公交车逛，从始发站坐到终点站，又从终点站坐回始发站。这样的老人即使真的有，想必也少。我想到他们独自一人在公交车上坐来坐去的情形，没有诧异，也不嫌恶，只是难过——他肯定是太寂寞了。在这个城市，既有很多人又有很多风景还不用花钱买座的地方，对他来说，也许只有公交车最合适了吧？现在我还算年轻，偶尔还有坐公交车的兴致，如果我老了，我想我绝不去坐公交车。我不想让别人为自己脆弱的身体担负风险，也不想看到那么多人。这一辈子，看的人还不够多么？

但是，一个小孩子，是应该让他坐坐公交车的，让他看看公交车上的人，听听人们说的话，家长里短，柴米油盐，物价高低，让他倾听一下人们为一块钱吵架，让他目睹一下你踩我一下我碰你一下引起的厮打，还有，陌生人之间让座，抢座，孩子够不着拉环抱着妈妈的腰。妈妈有了座位，抱着孩子在膝上。一个人读报，周围的人分看不同的版面……在公交车上，你会丢东西，会被挤压，会到站下不了车，会不小心坐过站……这多像人生。

一个女孩子上了车，她穿着蕾丝韩式长裙，藕荷色，非常静美淑女。这样的着装也许应该坐私家车，但在中国，你尽可以看到这样的情形：穿羊绒大衣的女人骑着摩托，嗖嗖穿街而过。穿小西服的女人蹬自行车，在车流中拱肩而行。而盛夏，穿着吊带的中年妇女，蹬着三轮车，悠闲自在地驮着一车水果，粗犷地沿街叫卖。从搭配的角度看固然都很奇特，但也有一种勃勃的生机和活力，我一看到这些就忍不住想微笑起来。

车快到世纪联华超市的时候，堵车了。很久也挪不动一步，有人急着下车，让司机开门。司机不肯，说没有堵，只是车比较多，等绿灯困难，再等两次绿灯就可以通过。那人强调这就是堵车，要等到猴年马月。他坚持下车，司机默认了堵车的事实，但坚持不肯让他下，不到站就让乘客下车违反公司规定，他得负责任。言来语去间不知谁说话重了些，就变成口角，两人吵起来，越吵越激烈，简直要打起来。当然乘客挤不到司机那儿，司机也不会弃了方向盘打乘客。车里的人劝着，一时全都是说话的声音，让人觉得这车越发地挤了。最后还是司机让步，他开了中门，用仅存的理智压抑着怒气，简短地道："看着点儿。"

跟着那个男人下车的人很多，车厢里一下子空起来。临到终点站的时候，没有一个站客了。我最后一个下车，看着空荡荡的公交车，我忽然想：如果公交车有知的话，每天搭载这么多人，它心里会想些什么？我们每个人一生下来就搭在时间的公交车上——时间也是这样一个老保姆，一批批乘客上车，下车，从始发站，到终点站……每个人搭上这趟公交车的时候，却没有通用的公交卡。每个人像故事里的农民，把手掌朝刷卡机一伸，你说，刷卡机会报一声什么呢？

无数梅花落野桥

"智者乐水,仁者乐山",孔夫子的话爱山水的人自然都愿意往自己身上贴,但以我的心得,却不能把这话往实里照。见过太多智者乐山仁者乐水,也见过太多既仁且智的人山水皆乐或者皆不怎么乐。更知道的是自己,和仁智都不沾边儿。不乐山是因为爬不动山,那只好在山脚下的水边乐乐水。

暮春时节,和几个朋友在诸暨闲走,走来走去也离不开浣纱江。浣纱江,也叫浣纱溪。看到这个名字,你是不是想到了西施?我也是,古往今来,能把浣纱这件体力活儿做出极致美感的,除了她还有谁呢?

一夜大雨后,江水绿得有些浑浊,水面也宽。所谓的"看景不如听景",就我而言,恰好相反,"听景不如看景",有很多风物,不到本地就不能得其真髓,只有到了实地,以往听闻的动人传说才接上地气,以往所知的轮廓才有了可触的细节，比如知道了西施竟有一双大脚，她浣的纱也并非那种轻薄透气的丝织物，而是苎麻原料。

麻这一物，现在知道它根源的人恐怕越来越少。幼时，乡村的夏天，奶奶坐在大门口，抽着一团麻丝，小股并中股，中股并大股，一根一根地拧麻绳。细麻绳纳鞋底，粗麻绳用来给装粮食的麻袋扎口。有一回要我搭把手，我便埋怨：这么麻烦！奶奶便笑，这可不就是麻烦么。麻烦，麻缠，跟麻相干的事儿，都啰嗦。我说，麻利，这个就不啰嗦。奶奶瞪着我，没了话说，便一巴掌拍来。

奶奶去世多年之后的一天，孩子正做语文作业，突然问我，妈妈，心乱如麻这个词，心乱就心乱吧，为什么如麻？麻是什么？一时间，我竟然无话可答。

——麻，竟成了一种象征性的文学词汇。看不见实物，可它们最重要的意义还存在着。

如今我也爱穿麻了。它的透气，清爽，微微的粗糙感，都让我觉得亲切。西施也穿过麻吧？想必后来穿了绸缎。这个中国历史上最美的女人之一，四大美女之首，在麻和绸缎的更迭中，度过了让人拍案惊奇的一生。她的美，浸透了家国之殇，才能真正倾国倾城——倾了敌方的国和城，只是不知道，夜深人静时，她将如何倾倒自己的心事？李白在诗里如此想象："浣纱弄碧水，自与清波闲。皓齿信难开，沉吟碧云间。"想来，她应该经常心乱如麻吧？不然怎么会在碧云间"沉吟"？

江水缓缓流着，逝者如斯夫，只留浣纱石。"浣纱"二字，是王羲之所书。端庄，温厚。如君子之礼。漫步走来，不时可见池塘里正长得青青润润的荷叶。再过几天，荷花就该开了吧。听同行的朋友说，西施是荷花神，不由得有些意外。再一想，仿佛又再合适不过。西施功成后的归宿有两个版本广为流传，一是她和范蠡有情人终成眷属，泛舟太湖。另一个是越国王后对她颇为忌惮，将她沉到了浣纱江底，她就此成了荷花神，每年荷花盛开的时候，有缘的人才能看到她。

浣纱江边自然不止只有西施的故事。江水在时间的波光中流到元朝，便哺育了以画名世的王冕。小时候的课文里，有一篇讲的是小王冕放牛，在雨后池塘边看到荷花，甚是喜欢，便开始学画荷花。不知道王冕画荷的时候有没有想到过西施？他画的荷花里，有没有一朵是西施？

闲读宋濂的《王冕传》，篇幅不长，语意明朗，几乎不用注释，读毕不过一杯茶的工夫，却有浓酒的味道。

"王冕者,诸暨人,七八岁时,父命牧牛陇上,窃入学舍听诸生诵书。听已,辄默记,暮归,忘其牛。或牵牛来责蹊田,父怒,挞之。已而复如初。"母亲心疼,劝父亲由着孩子去读书。"冕因去,依僧寺以居。夜潜出,坐佛膝上,执策映长明灯读之,琅琅达旦。佛像多土偶,狞恶可怖,冕小儿恬若不见。"这个秉性刚强的人,学成之后应试,屡试不中,便决然放弃,从此开始了自己率性的人生。"买舟下东吴,渡大江,入淮、楚,历览名山川。或遇奇才侠客,谈古豪杰事,即呼酒共饮,慷慨悲吟,人斥为狂奴。"狂人狂过后,便回到故乡隐居。"种豆三亩,粟倍之。树梅花千,桃杏居其半。芋一区,薤、韭各百本。引水为池,种鱼千余头。结茅庐三间。自题为梅花屋。"

梅花,终于出现了。

还没有看过王冕的画之前,我早就会背他的诗了。

> 我家洗砚池边树,
> 朵朵花开淡墨痕。
> 不要人夸颜色好,
> 只留清气满乾坤。

《墨梅》一诗有不同版本，有"池边"作"池头"的，有"朵朵"作"个个"的，有"颜色好"作"好颜色"的，细枝末节，都不要紧。意境在，就行了。

后来又读他的《梅花》诗，甚爱之：

三月东风吹雪消，
湖南山色翠如浇。
一声羌管无人见，
无数梅花落野桥。

《王冕传》最后一段，宋濂写道，他在城南上学时，听到有人传说："越有狂生，当天大雪，赤足上潜岳峰，四顾大呼曰：'遍天地间皆白玉合成，使人心胆澄澈，便欲仙去。'及入城，戴大帽如筵，穿曳地袍，翩翩行，两袂轩翥，哗笑溢市中。予甚疑其人，访识者问之，即冕也。"

——这就是王冕啊，这就是王冕！大雪中，他在山顶面对暂时无瑕的世界，那一瞬间，他看见了无数的梅花。无数梅花，正落野桥。

按照流行的说法，西施和王冕，都是诸暨金闪闪的文化名片。岂止是他们，陈老莲，蔡元培，金岳霖……

某种意义上，他们都是诸暨的皇冠。以中国之大，又岂止是诸暨，哪个有点儿历史底蕴的地方，没有几顶这样的皇冠呢？皇冠固然璀璨，戴皇冠的人呢？"欲戴皇冠，必承其重"，这是真理。凡是貌似不承重者，要么是举重若轻，要么戴的就不是真正的皇冠。

馆娃宫中的西施和梅花屋里的王冕，都带着自己的皇冠，活成了经典的传说。而我却一遍遍地想象着他们最深处的秘密，如梅花一样，默默地落在了野桥。野桥之外，是苍茫无边的山河。野桥之下，是浣纱江的滚滚浪波。

那棵树呢？

和他认识,只因为他看了一篇我写祖母的文章。

电话里,他有些语无伦次,最多的就是夸我写得好,说他感同身受,然后说他想见我。我问他是哪里人,什么工作?他一五一十道来。

说实话,和读者见面我一向回避。如果是陌生的邂逅,你陌生我陌生,两陌生就让人放松,倒会有新鲜的火花和喜悦。和读者见面,我在明处,读者在暗处,见面时基本都像答记者问,累人。——但是,因为祖母的关系,我答应和他见面。

不久他来郑州办事,我们约在一家咖啡馆。他很瘦,高高的,眼睛很大,有一种童真的稚气和温和的羞怯——我想,他工作时一定不是这个样子。他应该是把我当朋友来看吧?陌生的,又有些熟悉的朋友。

他说得最多的也是他的祖母:她嫁给祖父不久就守

了寡，没有儿子，过继了一个，儿子因而与她不亲，但生了长子之后又要她照顾，她就把这个孩子一手带大，孩子长大成人考上大学，后来又分到市里工作，又要成家又要立业，渐渐地很少回老家看她，而她的儿子儿媳同她的感情还是那么淡漠。老人的眼睛渐渐瞎了，一天，在老房子里上吊自尽了。长孙安葬了她之后，从此开始做梦。一天一小梦，三天一大梦，梦里哭，梦醒还是哭。——他便是他。

文化路寂静的咖啡馆里，他的讲述时断时续。他说他现在和父母的感情也很冷淡，仿佛是一种报复。他说他不能看见祖母的照片，祖母的照片都被他锁了起来：是珍宝，也是恐惧。他说老家来人找他帮忙，他都以祖母来衡量尺度。如果对祖母好，就办，不然就不办。他说自从祖母去世，他看到一个陌生人的葬礼就会想起祖母，就会落下泪来。他说他也曾认真地思考自己为什么对祖母用情如此之深，后来明白：是因为内疚，没有在祖母去世前多尽孝心。也是因为自私。他怀念祖母固然因为爱祖母，然而更是爱自己。祖母存在的最大意义是：她是这个世界上最亲他的人。她死了，再也没有一个人会对他这么好，哪怕是他的亲生母亲。

我沉默地倾听着。我喜欢这样的讲述者，他将自己剖析得这么袒露，这么透彻。他的诚实使他的讲述十分洁净。在对祖母的讲述和怀念中，我们的心能够彼此温暖和亲近，已经足够了。

谈话间隙常有沉默。久久之后，重新说话的瞬间，却没有陌生人之间的突兀和刻意，比如我问他："那棵树呢？现在长得怎么样？"他马上会意我在问他祖母坟前的松树。

"雨水太勤，种了好几次都没有成活。去年种下的那棵倒是扎了根。"他说，"墓地所在的那块田的田主，我每年都买礼物去看他一次，让他在照顾庄稼的时候顺便帮我照顾一下祖母的坟。"

然后我们一起望着窗外。法桐翠绿的树叶正轻轻地亲吻着蓝灰色的窗棂。

鲜 花 课

那天出差，在高铁站候车，闲着无事便看来来往往的陌生人解闷。视线里忽然出现一个中年男人，他站在安检区外，正被人热热闹闹地包围着送行。棕黑面庞，西装革履，身材修长高挑，不笑的时候看着就是一副霸道总裁的样子，可是此时他不得不笑：一群人围着他，此起彼伏地寒暄着。终于挨到告别即将结束时，戏剧性的一幕来了——一个小美女慌慌张张地奔过来，往他怀里塞了一大捧鲜花。

是一束淡黄色的玫瑰，目测足有四五十枝吧，每枝都用淡绿色的纱纸独立包装着，极是悦目。花中还插着两枝大大的粉色百合，都是三头的。

于是这个男人一手抱着玫瑰，一手拉着箱子，还单背着一只包，他忙不迭地冲着送行的人们挥手再见，进入了安检区。看着他在安检的传送带前手忙脚乱地捡着箱包和鲜花，我不由得笑起来。

鲜花，我也收到过这样的礼物。说实话，这样的礼物是一种漂亮的麻烦。第一次被送花时，我也是两手满满的行李，却还是倍加珍惜地把花抱回了家。安检，上车放到行李架上，下车再从行李架上取下来……到家后鲜花不堪挫折，我恋恋不舍地端详再三，最终还是扔进了垃圾桶。从此，再于告别时收到鲜花，我便直接送进机场或者车站的垃圾桶——也曾想要留在座位上，可是想来这种不知底细的鲜花也没有别的旅客敢要，既然它的宿命不过是进垃圾桶，那我干脆一步到位吧。

于是得出结论：鲜花这种东西，收到的时候是喜悦，照相的时候抱着是娇美，在房间里插着的时候是芬芳，但在旅程中，确实是狼狈。

也于是，当这个带着一股淡淡百合芬芳的男人从我身边走过时，我怀着近乎看笑话的心情，观察他怎么处置。

只见他走到候车席的一端，站在那里，一脸板正和严肃，似乎踌躇了片刻，然后，他解开花束的包装纸。再然后，开始送。每人一枝，每人都送。

发花呢。有人惊叹。

哦，这种福利真不错。

要钱么？我听见有人这么问。

送的。他强调。

有老人谦让，说给年轻人吧。也有人谢绝他，说手上行李太多。他也不勉强。事实上，这事情虽然温馨，但他看起来仍然很严肃，一点儿都不热情，也许是一些些腼腆。

人群微微起了波澜，越来越多候车席的旅客注意到他，凑了过来。一对小情侣点名求那两枝百合，他自然慷慨相赠。小情侣顿时笑靥如花，还和他合了影。合影时，男人流露出一丝笑模样，虽然淡淡的，却也极动人。

快到我这里了。眼看他越来越近，我的心居然有些紧张地快跳起来，如同小孩子在等待命中注定的糖果。

终于啊终于，他送到了我这里。

谢谢。我接过来。

不客气。他微微点头。

多奇怪。我曾那么多次将成束的鲜花放进垃圾箱，现在，却如此珍爱他分赠的这一枝。这是怎么了？

环顾四周，整个候车席，花香弥漫。

——对于人生种种，哪怕再动人，我也总觉得黯淡和虚妄。比如鲜花，在我的意识深处，就是虚妄之物，甚至是所有礼物中最为虚妄的：开得再悦目，也会很快萎谢，然后被扔掉，结局颓然。如同太多稍纵即逝的美好事物，如同人生。

而眼前这个男人，他还是把手中的花朵，一枝一枝送出去，分享给这些陌生人。——在明了虚妄之后，还有分享的诚意和赠送的热情。而这些鲜花，也托了他的福，在成为垃圾之前，幸福地作为鲜花绽放到最后一刻。

所谓勇敢，不就是如此么？即使再虚妄，也要好好活着。所谓智慧，不就是如此么？正因为虚妄，才要好好活着。

秋 香

汉语里有些词，越看越美，美不胜收。

比如，秋香。

四季里能配香的，还有春。春香也不错，可是跟秋香一比，就有一些些逊色。春天的香是刚刚苏醒的香，刚刚生长的香，是襁褓的香和童年的香，什么都不曾经历，太娇嫩。

秋香，则不同。

秋香，在哪呢？

路边的水果摊子上，葡萄，香蕉，苹果，桃子，石榴，梨……是的，明知道有些水果不是秋天才有，可是显然的，它们跟这秋天更相知，更默契。要不，形容秋天的时候，人们怎么会喜欢用硕果累累这个词呢？这些个水果，都是甜的，可这个甜跟那个甜又不一样，有的甜得深些，有的甜得浅些，有的甜得浓些，有的甜得淡些,有的甜得烈些,有的甜得柔些。都好。

还有各种菜蔬。西红柿格外红,南瓜格外大,丝瓜格外长,花生刚下来,壳上还带着一点点浮土。嗑开一个,花生衣粉粉的。芹菜,菠菜,空心菜,茼蒿,小白菜,生菜,层层叠叠的绿,都挤在这秋天里。它们似乎都知道,应该趁着这个时节拼命地长,不然到了冬天,就只能闷在大棚里去长了。人们吃这些大棚菜的时候,只觉得不是那个味儿,哪里会想得到,它们在大棚里长的时候,也不是那个味儿呢。

有香意的还有人们的闲话:

"哎呀,买这么多菜,你家冰箱修好啦?"

"修好啦。花了两百多。"

"还不如买个新的得了,把日子过得恁仔细。"

"好饭可不得是小口吃,好日子可不得是仔细过。"

……

这些琐碎的家常,也和秋天最配。

悬铃木的叶子还没变黄,泡桐的叶子刚刚开始落下,金桂银桂已经繁星似的闪烁了一树,慢性子的槐花还在不慌不忙地开。今天的阳光是这样好,也许明天就不那么好了,那不管,明天来了再说明天。现在正是秋天最饱满的时刻。也许是过于热情的缘故,夏天的饱满多多少少让人倦怠和怠懒。而秋天的饱满，因为温度的降低反而更为坚实。

一直喜欢的那种颜色，就叫秋香色，简称香色。这里的香，说的本也是树。檀香，沉香，都是这些个带香气的硬木。这颜色，是黄和绿调得最平衡的时候。偏绿一些，就叫秋香绿。偏黄一些，就叫秋香黄。当然，叫香绿香黄也很好，可是加上了秋，就更好，让这香更丰饶，更璀璨，更深沉。

秋香，到底是怎样的香呢？

也许是经过烈日和暴雨才提炼出来的香吧。

也许是从容等待着寒霜和大雪将至的香吧。

桂 花 引

黄昏下班，一进小区，就听闻两个妇人感叹：

"香！"

"真香！"

我停下来："什么香？"

"桂花香嘛。"答我的那个还啧啧两声，"你好好闻闻，多香！"

我诺诺，放慢脚步，却没闻到一点儿香。

忽然不安起来。我为什么闻不到呢？

回到家里，问每个人："闻到桂花香了么？"

"闻到了呀。"

可是，我为什么闻不到呢？难道桂花只对我一个人保密么？

有点儿生气。生自己的气，也生桂花的气。

吃过晚饭，下楼，去找桂花。昏昏的路灯下，一棵又一棵混沌的树,一团又一团苍黑的绿,桂花在哪里呢? 在这个小区住了几年,我居然不知道它在哪里。

在一棵树下站定,从婆娑树叶里看到一串串星星点点的事物,应该是桂花吧。我凑上去嗅起来。不香,一点儿都不香。再换一棵,还是一点儿都不香。连换了三四棵,都没有闻到香味,我越来越心慌意乱。是我鼻子出毛病了么? 还是树选错了?

打开手电筒,照向树枝。那星星点点的事物不是花朵,而是一粒粒果子。莫非这些是桂花结成的果子?"桂子月中落,天香云外飘。"据说桂子音同"贵子",大为吉祥,难得一见,怎么这里满树都是?

"找啥呢?"有老太太路过,问。

"桂花。"

"这不是。"

"不是吗? "

"不是。"

"哦。"

我忽然放心了。

"桂花树在那边——"她指向我住的楼,"那里每栋楼前都有。"

我的心又悬起来,连忙急急地赶过去,用手电筒一棵一棵照，果然，树枝里开满小小的花朵。在白天它们应该是黄灿灿的吧，但在这夜里，它们只能显出暗暗的白。

我攀住一条枝丫，扯到鼻子下面，使劲儿闻。还是不香。这确定是桂花了啊，怎么还是不香？

"觉得香么？"我问路人。

"香啊。"那人答。

"觉得香么？"再换一个路人问，简直像极了蹩脚的采访。

"什么香？"

—— 这才觉出自己问得多么没头没脑。

"桂花。"

"有桂花么？"

我笑。还有比我更愚钝的人呢："这就是。"

那人把脸凑过来："你不说我还不知道呢 —— 真香啊！！！"

"这么香，太呛人了！"一个男孩子匆匆走过，很嫌弃的口气。这臭小子。我简直想哭了。这么香的花啊，都香到呛人了，可我还是闻不到。我怎么就是闻不到呢？我承认我有点儿感冒后遗症，有点儿鼻炎，可是嗅觉也不至于这么麻木不仁吧。

回到家，猛喝水，喝热水。热水里加上维C泡腾片，连喝两杯，耿耿于怀地睡下。

第二天一早，收拾齐整之后，下楼去上班。下着楼，心里却忐忑着。快到桂花树跟前的时候，居然有些胆怯，不敢用力呼吸了。

如果还闻不到呢？

当然我知道桂花香没什么了不起，闻不到也不会怎么样，不会降职减薪或者立马就死，可我就是想闻到，特别特别想闻到。如果还是闻不到，我就是会觉得了无生趣。

——香！

终于闻到了。休息了一夜，闻到了独属于桂花的香味。这酒一样馥郁的浓厚的黏稠的香味。这香味无声地包裹过来，慢慢悠悠，从从容容，却也是筋筋道道地包裹过来。

换一条枝丫，再闻。这一树香味便沿着我的呼吸，再度包裹过来。再换一条，亦如是。于是，一条一条，一树一树，桂花的香气反复浸透了我的肺腑。

阳光洒下来，一簇簇小小的桂花热烈地绽放着碎金子一样的花朵……

闻够了桂花香，我走出小区。仿佛受到了莫大的善待，我于静默的喜悦中向全世界微笑着，心满意足。

麻雀，你好啊

随着年龄增长，渐渐就觉出心态的变化。比如上班路上，看见几只小麻雀在草坪上叽叽喳喳，会轻轻地跟她们打声招呼：麻雀，你好啊。

初春时节，小区里大规模的玉簪碧绿鲜嫩，叶片上纹路分明，最是可爱。我就喊着她们的名字，问候她们：玉簪，你好啊。

一只猫在我面前轻手轻脚地走，会说：猫咪，你好啊。

走路不小心，被椅子绊了一下，会说：哎呀，椅子你怎么啦？

爱跟这些沉默的事物说话，像她们有生命似的。像她们能听懂似的。

在外人看来，估计像神经病似的。

可是，就是很想和她们说话。觉得她们就是这么可爱啊。

这算不算有慈祥之心?

不仅仅是慈祥,好像也是天真。

家里种了些绿植,种类单调:绿萝,发财树,球兰,吊兰,水竹,就这几种。每次给她们浇水我也都要和她们说话。

你们好乖呀。

长得真好看。

闲极无聊,也给她们的叶片擦灰——北京的尘土大。边擦边说:咱们洗洗脸,看,多干净啊。

得赠的鲜花玫瑰居多:红玫瑰、粉玫瑰和蓝边儿玫瑰,我收到的第一时间里就把她们扎成小把,倒吊在晾衣杆上。晒上七八天,摸一下花瓣们,哗啦啦地响,这就是干透了。再把她们插在大花瓶里。此时虽然不再是水灵灵鲜嫩嫩的,却也有了另一种美:历经沧桑的美,有故事感的美,如同风韵犹存的美人,让人疼惜。

而且,真的,她们很香。是内敛的,没有侵略性的,幽深的香。

我和她们说的话是:亲爱的们,你们好啊。

那一天,读韩少功先生的《山南水北》——真是一本有趣的书,是他在湖南乡下过日子的札记,貌似散淡,内里却大有深意。写到草木的脾气，说村里人如此这般向他传授经验："对瓜果的花蕾切不可指指点点，否则它们就会烂心。油菜结籽的时候，主人切不可轻言赞美猪油和茶油，否则油菜就会气得空壳率大增。楠竹冒笋的时候，主人也切不可轻言破篾编席一类竹艺，否则竹笋一害怕，就会呆死过去。即使已经冒出泥土，也会黑心烂根。"

看到这里，我越发觉得自己做得正确。

一切的一切，我爱的一切，你们好啊。

身边的邛海

邛海的邛，音同琼。不来西昌，还不认识这个字呢。

以前知道西昌，当然是因为卫星。想象里视线里都是发射架，处处可见钢铁气，谁知道竟然不是。小小的西昌城颇为休闲洋派，楼盘设计得颇为欧式。听本地朋友说，在四川，除了成都的房子，再就是西昌贵了。很多外地人都在这里买房子，因为这里冬天晴暖，很宜居。更可贵的是，还有一个大大的淡水湖，便是邛海。

——既然住在了邛海边，不逛逛简直天理不容。于是，起床后，我在邛海边走了整整一个上午。

邛海，确切地说，就是一个湖。我一直觉得湖和海本质上是一回事：湖就是海，海也是湖。湖是小一些的海，海是大一些的湖。不是么？

一个有水的城市，总是幸福的。南昌有赣江，兰州有黄河，杭州有西湖，大理有洱海。即使是偏隅豫东的淮阳县城，也一个硕大的龙湖包围着，缓释了那块土地的焦苦，变得滋润许多。

邛海对于西昌的意义，也是一样的吧。

邛海的水是清澈的淡绿色。靠近岸边的地方，水草摇曳着，婀娜多姿。日光下，远处小舟游荡。近处的实木平台上，有人在静静地垂钓。有的只支一根竿，有的则支好几根。有的不急着钓，只是大把大把地撒着鱼食。

"先喂再钓。"他说。

一支竿要交四五块钱的年费，鱼呢，就免费啦。

我拎着相机，拍花，拍水，拍栏杆在水里的倒影。坐在山坡上的露天咖啡馆里，我俯拍栈道上游动着的遮阳伞。三三两两，花花绿绿，是家常动人的景致。背光处，法桐斑斓绚丽的金色树叶，圆石磴旁，一两丛正盛放的绣球，红的玫瑰都极入画，粉白的睡莲就更不用说了。

也请人帮忙拍拍自己。在一个冷饮店门口，三个女孩子在织毛活儿，我请其中一个帮我拍，她指指另一个壮硕些的女孩，那一个就很无畏地站起来，接过我的佳能7D，让我给她讲解一下功能。心里打着鼓，我告诉她哪儿调焦距，哪儿是快门，她表示知道。我便坐在她的椅子上，拿起她手里的毛活儿——一件小毛衣的半只袖子。她已经是母亲了么？或者是姑姑或姨妈？——女孩子们便笑开了，就这么笑盈盈的，她给我拍了一张。居然很不错。

女孩子又指挥着我换个位置："我给你拍后面那个大游轮。"

其实我更喜欢小船，她显然更中意游轮，那就游轮吧。

一道台阶上，每一级台阶的根基处都长着绿油油的枝叶，清爽明亮。我便坐下来，请一个老先生帮我和枝叶们合影。老先生也拿着相机，我判断他是内行，便不出声，任他拍。远、中、近景，全身、半身、脸部特写……他走后，我一张张翻看，果然极好。

能把美女拍好，不是本事。能把我这等材质的女人拍好，非常考验执机者的功力。

还请一个男孩子拍过。他可是真热忱啊，一会儿蹲下，一会儿半蹲，一会儿趴到地上，一会儿又跳到椅子上。看着他活泼的样子，我就觉得开心极了。拍完后，他把相机递给我，羞涩道："可能不行。"我笑道："一定很好。"——照片果然不行，我全删了，拍了一张他的背影。

有一个老太太，身旁立个小架子，挂的全是工艺品。

一架子的喜庆，一架子的艳丽。她告诉我，这是南红手镯，才五十块。那是南红项链，才三十块。这样价格的东西肯定不能买，我知道。笑辞了她，她便拿着那手串说，十五给你。她微微笑着，有些怯懦的样子，似乎也知道自己的东西不怎么样。她满是皱纹的脸真是可爱啊。

……

在邛海，我想坐就坐，想站就站，想走就走，喝了一杯咖啡，和几个路人浅浅地打了交道，听了一路鸟鸣……暂时放下了俗世的负赘，我享受了一个陌生人所能享受到的全部幸福。中午时分，我一身微汗，在一家小馆子里，吃了一顿可口的午餐：野生小水芹，桑拿虾，还有一道红烧鲫鱼。这些新鲜的美味，全都出自身边的邛海。

在乡下茶馆里

下乡踏踏春,能减一点肥。怀着这样的动力,暮春时节,我和朋友逛到这个小镇。小镇的街道上,不时可以见到披着艳丽头纱的女人身姿婀娜地走过,民居的墙上,也多装饰着伊斯兰风情的穹顶花边儿,清真饭店一间挨着一间——这是回民聚居地。

然后,就看见了那家茶馆。

那实在不像个茶馆,也就是两层平房,大门大窗大玻璃,大大咧咧,粗粗拉拉。门口横七竖八放着自行车,三轮车,机动三轮车,轮椅……各种交通工具"汇展",凌乱不堪,却也生机勃勃。门前的树荫下铺着两张矮桌,桌边坐着四五个人,每人前面一个茶壶,桌上是暖水瓶,有的抽烟,有的说笑,有的静默。

他们是在喝茶么?——是在喝茶。那这屋子是个茶馆么?——是个茶馆。

走进去,热气腾腾的喧闹声扑面而来。看见我,这喧闹似乎微微收敛了片刻——里面全是男人。我双眼逡巡了两遍,确定只有我一个女人。看来这茶馆的风气是不合女人来,不过,又怎么样呢?我进来了,恐怕也没谁好意思撵吧。

可是满茶馆满当当的,没我坐的地方。我就干站着,看着他们。起初也有人看我,很快就没人看了。他们忙着呢,有的下象棋,有的打麻将,还有的在玩一种奇怪的游戏:简单的棋盘,棋盘上是不规则的石子儿,分成深浅两色对阵。我站在旁边懵懵懂懂地看。

"摆山。"一个老头儿对我说,"这叫摆山。"

我笑笑。摆山,从没听说过。真长见识。

有人提着黑黢黢的大铁壶一巡巡地添着热水,添到谁跟前,谁就掀起茶壶盖。有的茶色淡些,有的茶色浓些,桌面上都是斑斑的茶渍和水渍。我跟着那提壶的人顺着一道门走到后院,呵,看见了一笼气势汹汹的火焰,火焰舞在一个长方形的灶台里。灶台边上一溜儿十几个大黑铁壶,有的铁壶被烧得都起了白苍子。那提壶的人叼着一根烟,麻利地捅火,加煤,坐水,取水。我朝一个壶上摸去,还没摸着就感觉被烫到了。真热!

"老虎灶。"那人说。

老虎灶我倒是听说过，却是第一次见。这名字真好听。

再次回到茶馆里，有几个老头儿笑眯眯地看着我，像看什么稀罕。

"喝茶不？"有个瘦老头儿提了提自己的茶壶，其他老头儿笑起来。瘦老头似乎很为自己的率先搭讪而得意。

"您喝的什么茶？"我猜测着龙井，香片，或者毛尖——这里离信阳不远，毛尖极有可能。

"青茶。"老头儿说。看我没听懂，又重复，"青茶。"

我明白了。就是最一般最一般的青茶——顿时为自己的矫情感到羞愧。在这样的茶馆里，谈什么龙井毛尖？怎么不扯到金骏眉大红袍呢？

"也是好茶。"老人家又说，"闺女，来，喝一口。天大地大，先来口茶。"

不知道为什么，听到这样的话，看着他的笑容，我居然有点儿想掉泪。

"还有事儿呢，我得走啦。"我说。

"事得论，茶也得品。都不耽误。"

我笑着朝他道谢，出了茶馆。站在门口又流连了一会儿，方才慢慢走开。

这样的茶馆在镇上还有很多家，家家生意都很好。后来我又听说，这里的人这么喝茶已经有几百年的历史了，这才忍不住惊叹——在河南，在这个乡下的小镇，居然有这么多茶馆，有这么浓的茶风，还有这么多粗粝、洒脱且强韧的欢乐，真是不俗啊。

这个小镇，叫姚庄，在郏县。后来我才知道，1094年，苏东坡南迁路过此地，顺便去看望在附近任职的苏辙，兄弟俩便约定百年之后同眠于嵩少南麓的莲花山下："葬我嵩少，土厚水深"。1101年，苏东坡复任朝奉郎，北归途中卒于常州，次年，其子苏过遵嘱将父亲灵柩运至此处安葬。后来苏辙的灵柩和苏洵的衣冠冢也相继于此安葬，即"三苏坟"。

——三苏坟距姚庄，仅仅三十公里。

中年崂山

人到中年，越来越不想爬山。因为想保护未老先衰的膝盖，也因为没有了一定要抵达什么目标的心气儿。二三十岁的时候，很容易被激励着，想既然来了，怎么能不去什么什么地方看看呢？现在会毫无志向地说，不去就不去吧，哪里有非去不可的地方呢？至于"不到长城非好汉"之类的话自然对我不起作用，与当好汉相比，我更在意有个好膝盖。话说回来，要是没有一个好膝盖，恐怕也很难当个好汉吧。

到崂山的时节，接近深秋。公历十一月初，农历已经是九月中旬，本地的朋友颇有些遗憾，说这里山海相连处，夏天来最宜人。听着她的叹息，想象着夏天的情形，我却觉得眼下也很好。秋天的树，秋天的风，秋天的水，都是好的。况且今天的天这么蓝，太阳这么暖和，有什么可挑剔的呢？能享用到的一切，都无可挑剔。

勤奋的人尽管爬山，偷懒的人却可得闲。我和另一个爱惜膝盖的朋友找了一家茶棚，喝茶。崂山绿茶，崂山红茶，都是五十块一壶，无限续水。我们点了一壶绿茶，沸水冲泡开来，颜色可真绿啊，是春天小树叶般的绿。

坐了一会儿，觉出冷来。因这茶棚靠着东边山崖，我们的座位又最靠东边。于是换到靠着路边的阳光下，周身顿时有了暖意。虽然添了热闹，却不觉烦躁。大约因这喧闹不是蜗聚于此，而是流动的。来来往往的人，叽叽喳喳的欢笑，踢踢踏踏的脚步，都和我们不相干。如果相干了，就是烦躁。正因为不相干，就只是热闹。

今天周六，也该他们这么快乐。我一直认为周六是每周最可爱的一天，周五尚有工作，而到周日，想到周一要上班，必然不会那么痛快。唯有周六最松弛，是最没有前忧后顾的一天。

东一句，西一句，南一句，北一句，两个人说着毫无逻辑的闲话。说到青岛，我和她谈起十几年前，晚上一起消夜，喝鼎鼎大名的青岛啤酒，一醉方休。犹记得那时的她穿着一件水蓝长款衬衣，外面却罩着一件小衫，是当时最新潮的里长外短，而我那时似乎穿着松糕鞋、牛仔裤……那时的我们，都算年轻。

——开始回忆年轻,必是老了。再过些年,当我们回忆这次崂山之行,那时就真的老了吧。

很多年前我曾经来过崂山,这次来,却对之前的事情毫无印象,仿佛是第一次。倒也好,看什么都新鲜。论起来,崂山的声名却比青岛要早。唐朝时,李白就来过这里。"我昔东海上,劳山餐紫霞。"那时的崂山,还叫劳山。"崂山"和"劳山"不知道是什么时候通用起来,我觉得还是崂山好。劳,单看着字未免就觉得太辛苦了。劳字靠住山,辛苦一下少了许多。

"这么怕辛苦,真是一身懒骨头!"

好吧,那起身走两步,松松这身懒骨头。手机里装了辨草识花的软件,打开,让它给我解读周围的植物密码。银杏,卫矛,白乳木,白棠子,鼠李,刺槐,山樱花,野茉莉,杜鹃,白檀,厚朴,山茶……

想起蒲松龄那篇《香玉》,那个名叫绛雪的女子,就是山茶的精灵。

反正也无事,搜出原文:

> 劳山下清宫,耐冬高二丈,大数十围,牡丹高丈余,花时璀璨似锦。胶州黄生,舍读其中。一日,自窗中见女郎,素衣掩映花间。心疑观中焉得此。

趋出,已遁去。自此屡见之。遂隐身丛树中,以伺其至。未几,女郎又偕一红裳者来,遥望之,艳丽双绝。行渐近,红裳者却退,曰:"此处有生人!"

"此处有生人!"让我忍不住笑起来。蒲松龄真不愧短篇圣手,寥寥几笔便栩栩如生。

红裳者,就是绛雪。香玉是牡丹,绛雪是山茶,山茶又叫耐冬,顾名思义,她可耐寒而绽。早些年,我家里也曾养过,初冬时买了两盆,到了春节正好盛开,放在靠窗的暖气旁边,花被暖气蒸腾着,晕染出满屋子好闻的香。

后来香玉的真身被即墨蓝氏看中,"掘移径去",只剩下这株绛雪。绛雪便代替香玉陪伴黄生:

> 女曰:"妾不能如香玉之热,但可少慰君寂寞耳。"生欲与狎。曰:"相见之欢,何必在此。"于是至无聊时,女辄一至。至则宴饮唱酬,有时不寝遂去,生亦听之。谓曰:"香玉吾爱妻,绛雪吾良友也。"每欲相问:"卿是院中第几株?乞早见示,仆将抱植家中,免似香玉被恶人夺去,贻恨百年。"女曰:"故土难移,告君亦无益也。妻尚不能终从,

况友乎！"生不听，捉臂而出，每至牡丹下，辄问："此是卿否？"女不言，掩口笑之。

有点儿暧昧，却因为绛雪的大方通透，这暧昧便也干净可爱。理性十足的绛雪虽是少女容颜，却早超出了少女之慧。也难怪，她是精灵呢。

然后呢，因为道士要建屋，觉得绛雪碍事，想要砍了她，绛雪托梦给黄生，他急匆匆赶来，挡了此劫，两人情意更深。还去香玉的旧址同哭了一次。花神感动于他们对香玉的深情，令香玉魂魄再现。和香玉久别重逢，绛雪的问候实在有趣：

"妹来大好！我被汝家男子纠缠死矣。"遂去。

旧梦重温，却有遗憾。此时的香玉，只是一个梦幻的影子。黄生不满足，又念叨绛雪，好闺蜜香玉为了满足黄生，暴露了绛雪的秘密：

乃与生挑灯至树下，取草一茎，布掌作度，以度树本，自下而上，至四尺六寸，按其处，使生以两爪齐搔之。俄见绛雪从背后出。

写得真好啊。像衡量一个人一样衡量这棵山茶,然后像戏弄一个人一样给一棵树挠痒痒……树真的会痒吧?

绛雪责怪香玉"助桀为虐",香玉说,别生气啦,我也没有别的要求,请你陪伴郎君一年就好啦。

——只听说过托孤的,没有听过托"夫"的。女人果然能贤惠如此,痴心如此?

"日日代人作妇,今幸退而为友。"

在这个约定终于期满后,绛雪如此说。其实我一直不甘心。深深觉得,在惜香怜玉领域有卓越成就的蒲松龄先生还是难逃窠臼,他终究还是让黄生把香玉和绛雪都纳入怀抱,非得这样才能抵达无数男人们意想中的圆满吗?也免不了那一点儿贪婪的俗气。真是为绛雪抱憾啊。

黄生死前发愿来世寄生于香玉旧根上:

"他日牡丹下有赤芽怒生,一放五叶者,即我也。"遂不复言。子舆之归家,即卒。次年,果有肥芽突出，叶如其数。道士以为异，益灌溉之。三年，高数尺，大拱把，但不花。老道士死，其弟子不知爱惜，斫去之。白牡丹亦憔悴死；无何，耐冬亦死。

正读得津津有味，突然，问候声此起彼伏，爬山的人回来了。一起坐着喝茶，我便问本地的朋友绛雪的事，他们便说绛雪还在呢。居然还在？我不免吃惊。细问才知，其实蒲松龄笔下的绛雪早就死了，那株绛雪死后，绛雪之名便移于三官殿院的一株山茶上。那一株也有六百多岁，据说是张三丰所植，属国家一级保护古树名木。后来这株也死了，现在是第三代绛雪，有四百多岁，是崂山生长状态最好的一株山茶。

却原来，这绛雪的名字也可以代代相传。也好。甚好。如此，绛雪便可以生生不息。其实，她在蒲松龄的笔下诞生，已经意味着她将生生不息，不是么？

朋友说，青岛的市花，便是山茶。

要去看看她吗？

不去。

不遗憾吗？

遗憾什么。不一定非得见。

薄情。

去看一眼就深情了？像即墨蓝氏那样把她挖走不是更深情？

也是啊。

"在薄情的世界里深情地活着"，这金句从未让我动心，也从未相信。怎么可能呢？薄情的世界里，只能薄情地活着。深情的世界里，也常常得薄情地活着啊。尤其人到中年，对许多人和事，爱是爱的，却不会再轻狂地实践和表达。中年是人生的秋天。以前觉得秋天和春天貌似一样，现在却越来越体会到二者的不同。都是温凉适宜，春天却是凉淡温浓，秋天则是凉深温浅。都是万物绚烂，春天却是色彩的加法，秋天则是色彩的减法。

也只有做减法，才能活得更踏实一些吧。

喝完茶，吃午饭。下午去了市区。

"去萧红家看看呀。"朋友们说。

没有用"旧居"这个词，这很好。好像萧红他们还活着。——一个作家，他和他的作品在死后依然被人时常谈起，他就是还活着。

到了萧红家门口，大铁门拦着，里面有住户，我们没有进去，只拍了几张照片。然后又去老舍家。宅院宽敞，门口挂着"老舍故居"和"骆驼祥子博物馆"两个牌匾，很堂皇。可是，多么奇怪啊，我总觉得萧红家更亲切，是因为同为女性么？

与老舍故居相邻的，便是鼎鼎大名的荒岛书店。老舍的《骆驼祥子》手稿，大部分写就于荒岛书店的自制稿纸上。而萧红萧军也是在荒岛书店听从店主的建议，从这里投奔居于上海的鲁迅先生——文学世界的大光明。

在荒岛书店外面，我拍了很多照片。房子很新，早不是原来的，不过这有什么要紧呢。只要他们真的在这里留下过印记，那他们坚实的存在就会像这块沉默的土地一样，就会像这座沉默的崂山一样。

薄荷一样美好的事

那天,我给静打电话,照例先问她在哪里。

"我在地里!"她说,"我在地里摘薄荷!"她语气爽朗,"明天给你带一些。"

多年前,他们夫妇就在郊区租了一小块地,先生在地里养盆景树,她在树的空隙间种各种各样的时令蔬菜,茄子、黄瓜、西红柿、豆角、东北黏玉米、红薯、大豆……还有薄荷。其中薄荷最多,也最好养。今年是孤零零的一棵,明年就是绿茵茵的一片。摘回家后泡水喝,拌凉菜吃,都很好。"每天孩子带水杯上学,我就在她的杯子里放几片薄荷。"——一想到我们的城市里,居然还有这样的孩子,书包侧袋的水杯里,泡着几片新鲜的翠绿的薄荷,我就会感动莫名。

我也喜欢薄荷,小时候,家乡的小河边,常常一丛丛地生长着薄荷,手指未至,清凉已来。采一片嚼在唇间，芬芳和凉麻久久不散。嚼着嚼着，就忍不住将那一团软碧吞下去，直到晚间睡去，那种芬芳和凉麻还能浸入梦乡。

第二天，我赴静之约，去她的单位取薄荷。春天的阳光也如薄荷一样清新，骑车时带起的风也如薄荷一样透爽，我忽然发现这是一件多么美好的事——取薄荷。在这个芸芸众生都忙忙碌碌的早晨，在为名为利为生计为欲望忙的熙熙攘攘的人流里，我的目标居然是一袋翠绿如玉的薄荷。

到静的单位，简单叙谈，取到薄荷。因为前两天大雨，薄荷叶上面满是浅浅的泥点。静说她还给同事挖了几株带着泥根的薄荷，因为同事受她的影响也喜欢上了薄荷……"我摘薄荷的时候很小心，很慢。当然得这样，因为薄荷的生长程度不同，有的像小孩子还没长成人，那就不能乱采，只有已经成熟的，才能动它……"讲述着薄荷，她神采奕奕，我忽然发现眼前浑身散发着薄荷香味的女子，是那么美丽。

郊外的那片租地，静每周去那里两次，开车半个小时。我呢，骑车十五分钟去她这里取薄荷，为薄荷聊天半个小时。——不是大惊小怪的矫情，也不是故弄玄虚的小资，我们都是经历过一些事情的人，唯其如此，在这沧桑的人世，这些薄荷，这些薄荷一样美好的事，这些如薄荷一样清香简单的事，如音乐，如电影，如童年的山岗和少年的相思，都是我们的精神之肺。它的存在让我们的心柔软如棉，奔流如溪，灵澈如泉。也唯其如此，我才会因为薄荷——仅仅只因为薄荷，而觉得格外欢欣和幸福。

载着薄荷回家，如同载着一袋珠宝。可爱的薄荷，亲爱的薄荷，心爱的薄荷，啊，此刻，我愿意赋予它一切激情的赞美——因它对我的珍贵悸动，如同爱情。

有疤的观音

一共弟兄姊妹五个,我排行老四,下面还有一个弟弟,比我小两岁。小时候,逢到什么事,父母总是会偏向弟弟,好吃的东西要尽着他吃,重的活儿却要我干。我对此总是强烈抗议,认为这是典型的重男轻女。每当听到我的抱怨,妈妈总是温和地说:"他小。"

"小什么小? 不就是两岁吗?"我觉得妈妈在找借口。

"两岁也是小。"妈妈总是这样说,"和你哥姐比比,我不是也是偏着你吗?"

"那我不觉得。"我嘴硬。一百个不服气。

等到渐渐长大,时至今日,我才开始有些明白:妈妈对弟弟的偏向,固然可能是因为些微的重男轻女,但最重要的原因恐怕还是妈妈说的那两个字:他小。

小的东西一般都弱。对于弱小的东西,油然而生的保护欲使得人们似乎总是会很自然地倾注给它们更多的心思：小猫、小狗、小鱼、小蟹……仿佛因为弱小，它们天然就应该更被关注，被怜惜，被宽待，被呵护，被疼爱。

在这种意义上同样让人柔软的，还有一些虽然并不弱小但却处于弱势的事物。比如剩菜。每当我坐在餐桌边吃饭，我最先吃的必定是剩菜——我当然不喜欢吃剩菜，但是，一想到它们这一顿再不被吃掉，那它们的下场就是被扔进垃圾桶，我就心不落忍。当然，即使被我吃掉，它的下场最终也不过是下水道，但是，作为食物，拥有被人吃掉的过程，应该还算是一种温暖的福气吧。如果我能让它享有这种福气，那何尝不是一种安慰啊。

同理，吃饺子的时候，我会挑露了馅的那个。挑杯子的时候，我会挑磕破了边儿的那只。那年在新疆喀什买玉，那么多的黄玉观音，我挑了一个额头有疤的。老板娘很实诚，结账的时候，忧心忡忡地看了我一眼又一眼，终于还是道："你看好了？"

"看好了。"

"她的额头有疤。"

"我知道。"我说，"我买的就是这个。"

"那,给你打个折吧。"

"谢谢。"

——其实我更想说不用打折,不打折更好,但是,我没有说出口。有毛病就该打折,这是天经地义的。如果我坚持不让打折,这未免太失常理。但是,这种被打折又是多么让我难过啊。

也许,我这种难过近似于变态。是变态吗?

于是,这尊有疤的观音就戴在了我的脖颈上。我觉得真亲切,真温暖。现在,我越来越明白我为什么会如此喜欢这些特别的事物:这些残缺的,黯淡的,有着深重瑕疵的,甚至破碎的弱势事物——这些不完美的事物,或许只是因为我越来越明白,这世上的万物都不完美,即使是观音。如果说完美的东西如神,那神其实是不配人的,唯有那些不完美的东西才最配人用。——我们人,所有人,都是那么不完美。我们的脆弱、丑陋和卑微,还有我们内心的黑暗,如此普及,人人皆有。这就是我们的现实。从这个意义上说,不完美的物配不完美的人,难道不就是负负相乘才能得出的正理吗?

也因此,每当碰到那些从不能忍受别人不完美和自己不完美的人的时候,我就会对他们敬而远之。我知道,他们是太完美了。对我来说,他们完美得有些过了火。

我会在哪

遇见你

礼 物

某天贪睡,早上起得晚了些,恰恰又有大领导光临,不宜迟到或缺席。匆匆出门,正是七点半,照例早高峰,只好打摩的。所谓摩的,其实就是长了个摩托样子的电动车而已。这是交通拥堵时的利器,随时拐弯随时掉头,和自行车一样自由,又和汽车一样快。大多十字路口都有。

第一个十字路口,一辆红摩的师傅一边刷手机,一边机警地四处张望,精明强悍,一副招揽生意的样子。见我走近,便上下打量着,眼睛里仿佛有杆秤。

去哪里?

大河锦江。

哪里?!周边几个沉默的摩的师傅突然一起问,吓了我一跳。

我重复了一遍。大河锦江是郑州赫赫有名的酒店,他们没有理由不知道啊。

说路。红摩的师傅说。

我便说了路。他迅速地报了价：十五。

你这可是多要了呀。我说。去年我也打过一次，只要十块。你要这价格，我不如打车呢。

可是不会堵车呀。要是打车，你一个小时也到不了。我保证二十分钟送到。他说。

不能少？

不能。

我走开，他也没叫。应该是觉得我会回来吧。还觉得我不会走到下一个路口去找另一帮摩的——在这个路口，我不好叫别人的。这个路口的几个人应该是个小团队，有他们的规则。这个人报了价，另外的人便不会去降价抢生意，我懂的。

钱不是问题，可我就是不喜欢他的眼神，那眼神里有一种把我算准了的笃定。

较上了劲，我就往前走，走到下一个路口。几辆摩的泊在那里，其中一个蓝外套的师傅正在看街景，脸上微微挂着笑，吹着口哨。

我和他搭话，说去大河锦江，他居然也不知道。周边他的同事们也都不知道。他们异口同声地要求我说路名。一瞬间,我突然明白了:自己习以为常的酒店、商场和单位,对他们来说都是陌生的。这些地方和他们的日常生活基本没有交集,所以记忆里毫无痕迹。而整天出入这些地方的人,又有几个人会坐他们的摩的呢?但出租车司机对这些地方都耳熟能详。——这些细节的毫末之处,每一种职业的阶层划分泾渭分明地显现了出来。

我报了路名,他说十块吧? 商量的语气。我说好。便上了他的车,出发。

身穿西装短裙,骑坐不便,我便侧坐,这又不好保持平衡,我便轻轻拽住他的衣服。

坐稳啊,姑娘。他说。

我默默笑。都四十多了还被称为姑娘,真有点儿小甜蜜呢。

坐上他的车,我便觉得和他是一伙儿的了。后面来了公交车,便提醒他。远远地看见交警,也提醒他。他说他也看见了。我们的车速放得很慢,他忖度着,观察着,趁着交警背转身不看我们这一边儿的时候,便加速过去。

被揪住过么?

常在河边走,哪能不湿鞋呢。不过你们客人不要紧的,要是被揪住了,他们就会说:客人你先走。我是车主,有事也是我的事。

哦。我无耻地、略略地放了心。

也不会有什么大麻烦吧?

就是训一顿,晦气呗。其实他们就是看见了一般也没事,你看看咱们这路上,他们要忙的事有多少?顾不过来。睁只眼闭只眼就过去啦。不过咱也得注意,他们也是为了咱好。安全第一呀。

是啊,安全第一。

事实上他开得很稳当,小心翼翼。他从不进快车道,见到最小的坑也会绕开,路过公交站的时候,碰到公交车靠停,他从不在上下车的人群中穿过。这是个规矩人。

很快到了这一路上最大的十字路口,人车如过江之鲫,交警和协警都忙得不亦乐乎。我们在队伍里默默地等着,远远地看着那十字路口。我突然想起二十多岁时在乡下的日子,那时候怎么会想到将来有一天,在城市里过个十字路口都得排长队呢?

那个70后你往后一点儿!压线十公分没啥用。80后你也往后!60后往里!还有这个小萝莉,小萝莉你很美丽,但是你不要往前挤!

……

这都是什么呀,我抻着脖子往前看。一个戴着墨镜的个子高高的交警正在指挥路口等待的人。人们看着他,都笑了。他居然敢如此称呼这些路人,应该是对自己的判断力和幽默感很自信吧。

我抬头看看天。天色润蓝,风很清爽。今天的空气质量应该是良,这样的早晨,让我觉得生活是美好的。

到酒店门口时,离开会还有十分钟,正正好。

我下车,把钱给他。

谢谢。他说。

谢谢你。你开得特别好。我说。

是吧?反正很安全。他说。一点儿也不谦虚,甚至有点儿得意。

你是我见过的开得最好的摩的师傅。总觉得该再说点儿什么,我便又说。

他灿烂地笑起来,十分开心。

我也笑着点头,和他挥手告别。这最末一句话,也许是这个早晨我能给予他——这个脸膛黧黑的中年男人,最合适最微小的却也最慷慨的礼物。

厨师闲谈录

有一段日子,曾频频和一位豫菜名厨闲谈,聊得洋洋洒洒,忆起来甚是有趣,简直是天然文章。

学 徒

我当小学徒的时候上课,那真叫上课,苦上课。我们不指定跟哪个师傅。大饭店里的小学徒,不是单个儿拜师学徒。徒弟是大家的徒弟,师傅是大家的师傅,这样不容易拉帮结派,也能多学多教。我们一帮小伙计先学宰杀,学物料分档,也就是分档取料。比如牛羊猪肉鸡,虽然都是肉,可一物是一物,物性各不同,它们每个部位的用法也都不一样,把它们按部位分解开,就是分档。我们最开始学着给鸡分档,鸡有十二个分档。脊肉不老不嫩,切丁合适。腿肉肉厚,切丁切块都合适。比起来里脊肉自然最嫩，切片切丝都是好的，斩茸也好……学会分档后，一只鸡我很快就分得利利落落。后来学着给猪分档，学会后，一条猪后腿我一袋烟的工夫就能搞定，那感觉老美。一袋烟多长时候？算起来也就是四五分钟。那时辰我就知道，做菜的享受可不是油锅里那几下，能把一个猪后腿利利落落地分好，那也是享受。

蔬菜一样也得分档。比如白菜。过去冬天没菜，白菜是要紧蔬菜，不论哪个厨师都得学料理白菜。白菜帮、白菜叶和白菜心都得分开做。白菜帮做酸辣白菜、醋溜白菜、白菜炒肉片、白菜炒肉丝。白菜叶做白菜汤、白菜卷、白菜包肉。白菜心可主贵，有一道菜叫牛肉菜心。把牛肉切成很细的丝儿，白菜心拌进去，那就是上好的下酒菜。再比如芹菜。芹菜叶、芹菜杆和芹菜心都怎么做？芹菜叶是蒸的，芹菜杆是炒肉片、炒肉丝。芹菜心么，也是生拌最好。这些过去都分得一清二楚。现在可多饭店都不管了，都是不分青红皂白，一剁一剁就下锅啦。

小学徒的课业完成了，就该正经八百地拜师傅了。这是个大事。特别大。这个行当，认一次师徒不容易。怎么说呢，简直就是一辈子的事，终身大事。一日为师终生为父，父哪里是能随便认的呢？当然得有仪式。

有仪式和没仪式,还是不一样。要么一男一女结婚干吗要典礼呢? 一拜天地二拜高堂的,生了孩子干吗还要办满月酒呢? 又是长命锁又是百家衣的,是吧?

正式成了师徒,这两个人之间就没有任何保留了,就是亲人。我师傅,他厉害呀。手艺好是不用说。他参加过溥仪的登基大典,在宫廷里做过菜。又给溥仪的老师庄士敦做过饭,还在上海给汪精卫和杜月笙做过饭,解放后周恩来亲自下令把他调到全国政协礼堂,去做总厨师长,一直到退休。那手艺能不好?

我师傅他不仅是手艺好,品行也让人敬重,就退休这一件事就能看得出来。虽说那时候他的味觉和嗅觉退化了,可是凭他的资历,想要在这位置上多待几年,谁也不能说个不字。他不。坚决要退下来。他说该让年轻人上,说要留余地给后人。他说只要他占着那个位置,一来是徒弟们老想着指靠他,总有个惰性。二来是徒弟们也受拘束,想要做个什么创新都得看他的脸色,他皱皱眉他们就得反复掂量。还有一点,有什么好事徒弟们也得礼让他。高层领导要接见了,当烹饪大赛的评委了,形形色色的荣誉表彰了,都不好越过他去。电视台来采访,需要表演性地做菜,唱主角的肯定是他,采买原料和案头准备就都是弟子们。到时候镜头对着的是他,观众都以为全是他在做，殊不知他把菜放进锅里之前，别人已经给他做了九成五……他说他已经沾了不少光，不能再沾光了。弟子们仁义，他也不能亏心。该退就得退，不然自己老脸无光，也招人怨恨。

我跟了师傅十二年，他才让我正式拜师。我师傅在的时候，我一直不敢收徒。虽然也有人称我为老师，也跟着我学，可一直不敢正式给人家举行仪式。师傅还在，我要是收徒就觉得自己轻浮：你就把师傅的本事都学到家了？你就那么行了？不敢这么想。

师傅去世之后，我非常痛苦。他在的时候可以跟他聊，他走了才发现自己想问的问题那么多，可又得自己去想，去思考，去面对。"你不再是个孩子了。"这种状况最痛苦。

食　材

食材长成不容易，都是天地精华雨露滋润的东西，得爱惜。分档就是教我们对食材要用尽，要用透。用尽用透了，这就是爱惜——个头儿过大，过于稀罕，或者看起来奇形怪状的，却不宜吃。比如鱼长到了上百斤，老鳖长得太有年头，身上都有绿毛了，这些就不能吃。

这些东西都是成精的，不能吃——黄瓜皮，咱把它剁碎，挤出汁儿，再和鸡肉配到一起，做成青果鸡，好看又好吃。茄子都做茄子肉，谁做茄子皮？咱做。把茄子皮切成象牙块，拖面勾芡油炸，然后搁笼焖蒸，做出来让大家伙儿尝，都说好吃，都不知道是啥东西。咱还做茄子腿——就是包茄子底座那一块，茄子蒂，再带上那个柄。过去这一块也是舍不得扔的，要切碎，炒菜吃。它还是一味中药，治背疮病毒。咋用？我看村里的郎中做过，就是把它晒干，在锅里焙得焦黄，冷下来，再研成细末。人一生疮，就把它拌成稀糊，涂在疮上，七天就好了。不过制成药就不叫茄子腿了，郎中叫它"天丹散"。

现在要找到好食材，可是不容易。人多，想要高产量，就要想办法，就有了大棚，化肥，拔苗助长让它长大。现在的人也古怪，就爱吃奇巧新鲜，冬天的菜非要夏天吃，夏天的菜非要冬天吃，哪还分个春夏秋冬？还觉得这可好。说到底，吃菜还是要吃时令菜，时令菜就得在田里野长，比如白菜萝卜，它就是冬天长的，味道正，有营养，也价廉物美，叫人人吃得起，人人活得起，这是上天公平的地方，仁厚的地方，这就是天道天规。

人得守这规矩，不能违反。你要是违反就得受罚，就有报应。所以，人定胜天，这咋可能呢？不对。有些事上人可以和自然斗一斗，很多科学发明都是斗争的结果，但是大的方面，是不能和自然斗的，要守它，不然失败的肯定是人。就说吃吧，你要是乱吃乱喝，就是会得怪病。比如猪肉，猪肉就是要吃肥的，肥猪肥猪么，肥肉才好。你硬要吃瘦肉，瘦肉精来了。牛羊肉呢就该吃瘦的，你非得吃啥小肥牛小肥羊，复合肉来了。再好的面擀的面条它的筋道也有个度，你硬要它筋道得扯拉不断，蓬灰来了……你硬拗就是会有报应，让你搬起石头砸自己的脚，自讨报应。

食材长得好，自然是得力于水土。水咸土甘生万物，也是得力于风候好。说起来都知道有二十四节气，有多少人不知道还有七十二风候咧。庄稼不能光靠太阳雨露，还得有风，有风的营养——别看风空来空去的，它可是有大营养的！尤其是瓜果。如果种瓜果不透风，那肯定完蛋。所以种葡萄、西红柿、黄瓜，都要搭架子让风刮过去。风跟风还不一样。院墙里的风，村子里的风，城市里的风，平原上的风，山沟里的风，结出的瓜果肯定两样。海边的风，河边的风，湖边的风，也都有各自的脾气，它们养出的东西也都带着它们的脾气。这就叫风候。常听人说啥饮食科学呀，饮食文化呀，要我说，这就是科学，大科学。这也是文化，大文化。

物　性

我跟你说，咱们行内的人只去专门的面店买面，专门的青菜店买青菜，专门的鱼店买鱼……不约而同地，那些老板就会把最好的东西留给咱。为啥？因为咱懂物性。

一个厨师不懂物性，枉为厨师。物性是啥？就是说这个地方的气候温度就适应长这些东西。这个地方的人呢，必须要吃这些东西，才能够抵抗自然给予的那些不好的东西。——有好的东西，自然也有不好的东西，人们在这里生活久了，就学会了用好的东西来抵抗那些不好的东西，这就是平衡。比如橘子皮去火，橘子肉上火，这二者就平衡了。十年陈皮贵似金么。西瓜肉上火，西瓜皮去火，这二者也平衡了。瓜皮翠衣苦夏宝么。一个水果本身就能平衡，一个地方的物产怎么会不平衡呢？

我们常说的水土，就是这个道理。你们怀庆府，四大怀药很有名吧，可是一离了你们这块地方，也就不行了。怀山药，铁棍山药，一过了黄河就失了药性，都是这个道理。四大怀药为什么好？焦作是个小盆地，背靠太行山，前面是黄河，风水好。而且没被黄河淹过，旱涝保收，土质水质都好，它就适合长这些药材。还有你们那武陟油茶，那油茶只有武陟本地味道好，换个地方就是不行。武汉的热干面到了咱们这里也是不行，都是一样的道理。

所有的食材都有物性，懂得物性才能把食材做好，因为物性是食材的生命。所以老祖宗留下一种说法就是"以物循性，以性循法，以法循烹"。那些老板们都知道，咱是最懂物性的人，把这些好东西给咱，就是给了对的人，这也才不会糟蹋好东西，因为这些好东西在咱手里会做到最好。只要咱承认了他们的好东西是好东西，他们就觉得有面子，他们就会对别人说：谁谁谁都会在这里拿货呀！咱在他们手里拿货，他们会觉得，这证明自己也是行家。其实他们给咱的价钱一点儿都不高，他们说和钱没关系。他们不会赚咱的钱。

在这种情分上，你就会觉得：要那么多钱有啥用？没用。

鲤　鱼

外人听着咱们说厨行也是科学文化，或许多少会觉得玄。对内行人来说，可一点儿也不觉得。鱼翅鲍鱼这一类的干海货，我一摸一捏就知道这货是秋天收的还是冬天收的，是好还是赖，发了以后能出多少菜。这是基本功。没有这点儿基本功还当厨师？这基本功也不是多难练，多经见一下啥都有了，这些东西自己都带着一方的味儿呢，它们往这一放，都带着一份明明白白的说明书呢，这说明书不是用字写的，是让你下功夫来练的。

　　就说黄河鲤鱼吧。咱们豫菜离不了黄河鲤鱼。按说鲤鱼就罢了，为啥非得讲究个黄河鲤鱼呢？这里面说头儿多了。没错，湖里也有鲤鱼，池塘里也有鲤鱼，可是我跟你说，鲤鱼还是黄河鲤鱼最好。一说："鸡吃谷豆鱼吃四"，这说的是池鲤。四是四月，就是春天。开春了，天暖了，池塘里能吃的小玩意儿多了，鲤鱼就开始活泛了。为了生养就开始大吃二喝，自然就肥了。到了四月份，那肉厚味美是不用提了。湖是大池塘，地气足，水质肥，养分大，比池鲤就要好吃一层。又一说："瓜熟鲤鱼肥"，这说的是一般的河鲤。一般河鲤是六七月份的好吃。夏天雨水勤，雨水冲着树叶、草籽进了河里，成了鱼儿们的好吃食，它们的膘就唰唰地长，没几天就是一道好菜。还有一说是"十月鲤，鲤上鲤"，这说的就是黄河鲤鱼。黄河原本水流量就大，含氧量高，到了秋季，黄河还容易涨水，水一涨，大水把两岸的杂草一淹，鱼在草里，就像进了大粮仓，那可是自在透了。秋天水也寒哪，为了顶冷，也为了储备冬天的营养，鲤鱼那是拼命地吃啊，吃啊……鲤鱼是两年熟，头一年的鱼苗到第二年的秋天正好长成一斤多重，一尺左右，这个时候，哪能不好吃呢？最好吃。"鲤吃一尺，鲫吃八寸"，这句话就是这么来的。还有一句：同是一斤多重的十月黄河鲤，雄鲤鱼味道要比雌鲤鱼好。为啥？雄鲤鱼不养孩子不分心，一门心思长个儿啊。

说黄河鲤鱼好，那是在咱们中国。我吃过的最好的鲤鱼是在马来西亚。那天，吃饭的一桌人都是胡乱吃，我只尝了一筷子就知道，这种鲤鱼是极品。每次吃饭，我们都点那道菜，鱼都是我一个人主吃……我才不跟他们说那么多呢，他们爱吃不吃，吃了吃不出好来，也是白吃。我要负责任地告诉你，最好吃的鲤鱼就是它了，它的名字叫忘不了，好听吧？它是河鲤里游得最快的，也很聪明，是钓游对象鱼中挑战难度极高的鱼种。它喜欢吃风车果，风车果是一种森林野果，味道很好。这果子进了河里，便成了这种鲤鱼最中意的美食。所以它自带香味，这也是它好吃的最大秘密。

豫 菜

咱们豫菜,那可是各菜系之母。都说豫菜很落后,数不着。还有豫菜么? 常有人这么问。这话问的。八大菜系里,你想想,有东有西有南有北,能没有中么? 古人爱说南蛮,北胡,东夷,西狄,你听听这些名头,中原可不就是最核心的那个点儿么。所以,饮食的根儿肯定也是中原。不客气地说,整个中华饮食的萌芽期、发展期、形成期和繁盛期都是在中原完成的。

咱们中原,好地方啊。首先是咱们的物产丰富。不仅有平原,还有山有水。山是太行,王屋,伏牛,桐柏,还有秦岭余脉。水呢,别的不说,仅是古代四渎里,咱们就有三条:黄河,淮河和济水。所以山珍水产样样都来。食材丰富了,饮食也就好发展。因为交通便利,咱们的经济贸易也很发达,手工业也就发展得快。饮食的发展和手工业的发展也密切相关,比如有了冶铁后,就开始有了刀和锅,就有了刀法和炒制。你知道么? 厨师们的技能在炒之前就是炖啊,煮啊,烧啊,烤啊,炙啊,有了冶铁以后才开始了炒。有食材也有工具,再加上咱们那么多地方都当过都城,宫廷贵族引领的餐饮层次很高，九鼎八簋这些规矩都是从咱们这里立起来的。各国来使也在咱们这里朝贡，带来很多稀罕东西，所以咱们的厨师见识多，经验多，就汇总和创造了很多技法，饮食就越来越发达。尤其是到了宋朝，国力强盛，民众富裕，没了宵禁，有了夜市，放开了酒，这可不得了了。在那以前，酒是官卖的，酒是酒馆，饭是饭馆，各开各的，两不相干。酒和饭一放到一起卖，饮食就受到刺激，就更厉害了。

北宋南移以后，中原饮食的影响力才慢慢弱下来，淡泊了。中原逐鹿，仗打得勤。你看史书就知道，咱们这块地方的人就是韭菜，打一次仗就割一茬。有本事的人家，能养得起车马的就都跑了，这一跑，就把咱们豫菜带到了全国各处。就说粤菜吧，现在都说它多好多好，可是宋朝以前，广东还是个发配充军的地方呢，哪里能谈得上菜？如果不是中原一批又一批人到了广东，广东菜不可能有现在这个样子。可以说，咱们河南人走到哪里，就把豫菜带到了哪里。以豫菜为基础，人慢慢适应着当地的水土，菜的口味也慢慢被改良着，就有了如今的南甜、北咸、东酸、西辣。

豫菜么，甘而不浓，酸而不酷，咸而不涩，辛而不烈，淡而不薄，香而不腻……你别笑。豫菜做到了功夫，就是这么好。没特点？不，咱们有特点，咱们的特点就是甘草在中药里的作用，五味调和，知味适中。所以内行常说，吃在广东，味在四川，调和在中原——提起川菜，我就想叹气。现在的人整天说吃，却不会吃。吃得没有品位，没有滋味，也没有营养。很简单的，你放眼去看，满大街餐馆里都是麻辣，麻辣几乎就是第一味。这还能说会吃么？麻？啥叫麻？介于疼和痒之间的，这叫麻。那是最难受的味道。说穿了，麻就是让你木的。所以医生用麻药止疼。啥是辣？是疼和烧之间的味道，就是刺激人不好受的。麻辣自古都是辅味，不能当主味。现在可好，都拿这些东西当主味了。还有的厨师就以为四川菜讲究的就是个麻辣，这就是外行话。真正的四川菜，百分之六十以上都不是麻辣口儿的，一桌能有两个麻辣菜就不错了。

人心粗了，就吃不细了。

学　识

厨师这一行，也跟你们写作一样，是讲究灵气的。有灵气的，就是祖师爷赏饭吃——哪一行都是这，没灵气的就是自己到祖师爷那里求饭吃。这一行，有的活儿能练，切菜配菜什么的这些能练。有的活儿不能练，比如火候和拿味儿。有的人做了一辈子厨师，这些就是不行。有的人一上手，火候就把得准，拿味儿就拿得准，没办法。

当然，要想往上走，光靠灵气肯定不行。有时候到村里，碰上红白事，我挺喜欢看那些做饭的师傅，你看他们就在那儿专心做活儿，红案白案都挺好，很有魅力的，但他一开口就不行了，一说话就不行了，立马就往下掉，这个魅力值就往下掉，你就知道，他顶多是个小地方的好手，离高手还差得远。说归到底，还是没学识。很多厨师没有社会地位，不能怨别人，就是他自己没有学识，也不觉得学识重要。

厨师其实就是杂家；就是要很博学，行厨如行医，这是过去对厨师的基本教导。这就要求他对自然界万物都要有了解，这是特别考验人的。因为中国的饮食包含的太多、太博，往大里说，它其实就是整个儿中国的文化综合体，这也是为什么老子会有治大国若烹小鲜的说法，可以说天下事唯知味最难。

咱们国内的很多厨师，干着厨师骂厨师，一下班就骂："炒一天菜，一身油泥，挣不着俩钱！我什么时候能出头？"一边靠着这个行业吃饭一边觉得这个行业对不住他，还觉得很苦，这就是真苦。他无法在职业中享受——他根本不可能去享受。他没有理解这一点：既然从事了这个行业，那么自己的一切，幸福也好，生活也好，都要从这个行业里衍生出来。他不明白，他就是糊糊涂涂地干，就是糊糊涂涂地熬。

他不明白：你得先把事做好。你做这个事首先是因为喜欢，是因为自己的选择。你把事干好不是为了挣钱——但是，有意思的是，你只要把事干好，肯定就有钱挣。但是人总是反着想。他老想着我为什么不挣钱？他没有想到是他自己不值钱。

一夜成名是没有的。急功近利就是欲速不达。你看着那些成了的人，哪个不是走了千山万水才到了今天？老天爷哪能让你白捡那么大的便宜？

标　准

咱们这个行业，很有意思，不论什么时候，大米还是这么蒸才好吃，面条也还得这么擀才好吃……只要你做得好，就什么人都爱吃。因为它撒不了谎，它很诚实。诚实得不能再诚实了。不论谁当皇帝谁当领导，都得这样。

餐饮行业叫"勤行",要很勤奋,很勤劳。也是一个"良心行",得有良心。不管你多大官多有钱,你都想吃到好的。所以我们讲的良心就是把菜做好。人最基本的存在就是"食",如果你在食物上动手脚,是一定不能被原谅的,因为你触犯了道德底线。

我经常觉得我们这个行业是上不着天下不着地的。怎么讲？最低标准,你把饭做熟就行。你如果想达到高水平,你不想光做饭,你想把饭做成美食,那你得一辈子努力。学识上,技艺上,你就去做吧。艺无止境。你想做好事,一碗粥就救人命。你如果想做坏事,你也能给人下毒,把坏事做绝。你想把厨房这事儿做得多大,那就能做多大,伊尹成宰相,专诸刺吴王,不都是例子么？你想开饭店,只有你有精力,你想开多大都成,就开成麦当劳连锁的那样。甚至一道招牌菜,比如卖个乡村鸡,你一年都能卖上亿。你要想做得深,那就只做一家,慢慢琢磨,慢慢研究。你想做多长时间,那就能做多长时间,东来顺,狗不理,都够长的吧。只要你做得好,能坚持得下来,你就有那么长的生命力。你要做得短,今天开门后天关,也是常事……这是一个非常宽泛的行业,是一片特别广阔的土地。你想走多远,就能走多远。它永远能容得下你。

——是啊，世界上哪个行当都是这样的，都是这样的。

驭　火

刚才我忘了说一点，宋朝饮食业发达还有一个原因是燃料有了发展，开始用煤炭了，煤炭这个燃料对于饮食也是革命性的，因为它火大，火硬，可以瞬间导热，就可以爆炒了。柴火不行的，柴火火力瓢。

说到燃料，就说说火。啥物性配啥火候，这也是个要紧功夫。听师傅们说过，多少年前的老祖宗都知道了把火分五种：文火，小火，中火，大火，武火或者旺火。多聪明，多能。

火可关键，可重要，所以咱们厨师用火不能叫使火，用火，而叫驭火。我好说火硬火瓢，这其实说的则是燃料，比如煤炭，汽油，电，天然气，这些燃料出来的火就是硬火。

现在有了万能烘烤箱，我们可以想高温就高温，想低温就低温，我们还可以恒温，比如多少度，二十四小时就是这个温度，食品的成色就很稳定。我们还可以低温慢煮，低温慢煮这个概念是西班牙发明的，但它的低温慢煮就相当于我们这里的焐和焖。就是小火，基本不让汤大开，就是保持七八十度，一个小时就可以让肉酥烂。这个以前不好掌握，现在很轻松就可以了。

也有人说这有点儿像陶瓷烧制，现在的窑都是电脑温控的，出来的陶瓷就没有过去全人工的土窑好，这个问题我不这么看。我觉得科技是先锋的，这肯定是好事，但是好事也得有前提，要看你怎么用。但在使用先锋技术之前，你必须得把传统的东西掌握得扎实，掌握扎实之后才有可能和先锋的东西对接——你先得有很好的基础，你得充分了解传统工艺，要充分了解原料的性能，哪些东西适合低温慢煮……你还得有基本功，这样才能把菜真正做好。要辩证地看这个问题。必须先有坚实的基础和对传统的深入理解和继承，你才能和先锋的东西对接，不然你就驾驭不了。

所有的东西都有矛盾，所有的东西都不矛盾。这就是矛盾统一论。很多人认为现代科技毁了我们很多东西，这个论调很流行。但是现代科技也带给我们很多东西。社会不能停留不发展吧。互联网，飞机，手机，它们的出现是毁掉了很多，但是也带来了很多……辩证地看待新事物，扬其长避其短，这个是最大的问题。

工业本身是没错的，发展本身是没错的，平台本身是没错的，主要看你这个人怎么去用它的问题。刀发明了之后可以切菜，还可以砍头呢，是不是？你不能说刀就该灭掉。还是在于人本身。

味　道

食材的好味道有两种，一种是简单的，原则是食材的本味就很好，很完美。你吃了就知道，哦，这是大白菜的味儿，这是小白菜的味儿，这是春荠菜的味儿，这是夏荠菜的味儿，这是土豆的味儿，这是山药的味儿，这是红薯的味儿。这些味儿很单纯，我们要做的是体现出它本来的美味，让你吃了它就是一个感觉：就是这个味儿！好吃！看那个电视剧《大长今》，里头有一出小宫女们尝菜，老宫女叫小宫女们说出这道菜所用的调味品，有一道菜，所有的人都认为那道甜味是白糖，那个小长今却说是红柿。人家问她，你怎么会认为是红柿呢？小长今说因为我尝到了红柿的味道。老宫女笑着说，没错，里面加了红柿当然就有红柿的味道，我问你为什么会这么想是我糊涂了。

红柿的味道就是红柿的味道，不是别的任何味道。食物就是这么诚实。

味道对每个人都是平等的，味道就在那里。你体会不到或者是体会错了，是你的问题。——还别说，这部剧的词还挺专业的，比如说料理河豚的时候必须要加水芹菜来提味。猪肉，海参，海带，甚至是西瓜也都掺有咸味，所以要调味的时候你都必须要注意，越是凉菜咸味越会明显。还有，所有的味道都会对比上升或调和，遇到苦味或是涩味的时候加入甜的调味料，味道就可以中和。

另一种味道就是复杂的。这种食材的味道往往很个性，它的优点很鲜明，缺点也会很鲜明，像羊肉的膻，猪肉的腥。它们有缺陷，需要我们把这种缺陷去掉，也就是帮食材扬长避短，这就得用调味料来平衡和协调，越突出的个性越得平衡和协调。就像一座好房子，你就那么一栋，孤零零地矗立在荒郊野地里，有什么意思呢？得有溪水，有园林，有草地，推开门也得有左邻右舍，这房子的好才能扎下根来，成为能亲近交往的好。不过千万不能忘了，调料存在的唯一使命就是为主料服务，就是为了让主料的味道更好，所以一定要用得适度。当你吃到某道菜觉得调料太重的时候，如果不是厨师水平有问题，那一定就是食材本身有问题，肯定是不够新鲜了才会需要重调料来遮蔽和哄骗食客。调料是为了衬托和修饰主料，而不是遮蔽和哄骗。这是根本性原则。

同样重要的还有，加入调料的目的是为了让食材的味道丰富，但这丰富绝不等同于混乱，一定得很有层次很有秩序。要做到什么程度呢？你要细细回味，你要再三品味，你会觉得它不仅仅是好吃，它还耐品。你会觉得它不单薄，它是有宽度和深度的。

吊　汤

豫菜调味，关键就是汤。这是豫菜的命根子。唱戏的腔，厨师的汤。有汤开张，无汤打烊。在咱们这儿，一个厨师不会吊汤，哪儿还能叫厨师？只能叫伙夫！为啥吊汤这么要紧？这得从海鲜说起。海鲜咱中原没有鲜的，只有干货。想把干货做好，就需要好汤入味，汤就成了豫菜的鲜味之源。豫菜吊汤是用老母鸡和肘子，三洗三滚三撇沫，先熬毛汤，一部分毛汤通过扫汤来得清汤，另一部分毛汤再加进棒骨来熬奶汤。用奶汤的料渣加水再熬，得二汤。清汤可以做开水白菜、清汤竹笋和酸辣乌鱼蛋汤。奶汤用来做奶汤广肚和奶汤蒲菜。二汤用来烧家常菜。最好的清汤叫"浓后淡"，看起来就像是一碗白开水。端上桌的时候，没见过的人都以为是涮勺子的水。但是，尝上一口你就知道了，这就是好清汤。好清汤有个说法，叫"清澈见底，不见油花"，好奶汤也有一个说法，叫"浓如牛奶，滑香挂齿"。

吊汤的味儿是什么味儿？所有的好汤，你喝了以后跟喝老酒一样，醇。你先用舌尖儿品，舌尖是尝味道的。然后汤就到了咽喉部，咽喉部是找感觉的。舌尖让你知道咸甜酸辣苦，但是真是找感觉，就是在咽喉。好茶，好菜，好饭，这些好东西到了咽喉部，都能把喉咙打开，都是能回甘的。

现在的汤吊得都不如以前了。一是猪肉不好了，二是老母鸡也难找了。过去的老母鸡，两三个小时都熬不烂，现在你把鸡切成块，一焯水二三十分钟就熟了——都是饲料鸡呀。想要真材实料的老母鸡也不是不行，你得去村里收。平日里自家吃，收个一只两只还行，饭店整天这么用，去哪里收那么多鸡呀？得多少人下去收呀？成本得多高呀？不现实。

食材不中，厨师水平再高也得往下落点儿。不过话说回来，纵使食材一般，要是厨师手艺好，也不至于把菜做得太差劲。如今为啥那么多人做的菜放不到正经桌面上？因为手艺不中。手艺不中可是最要命，能把上等食材做成中等，中等食材做成垃圾。

我学吊汤，是在当学徒的时候。学徒先是几年分档，再是几年打荷，然后才能上灶吊汤和炒菜。我当学徒的时候挨过一回打，也是因为吊汤。那时候我已经学会吊汤了，被师傅们也夸过，想着自己快熬出来了，就有些马虎起来，觉得这也没什么大不了的。有天夜里，饭店不远处有一门大户人家给老太太祝寿，请了戏班子在门口吹唱。我是个戏迷，一边在厨房里忙活，一边听着外头的热闹，心里跟猫抓一样。我把水添满，烧开，把熬料放进去，看锅里的汤大开了，从炉膛里撤了几根劈材，把火改小，锅盖半开，就偷偷溜了出去。这一看不打紧，就把汤忘得一干二净。是值班的赵师傅揪着我的耳朵把我从人群中拽回去的。那汤熬的，不能看啊。赵师傅一巴掌就呼到我的脸上，说："不下功夫，汤就不能熬到劲儿。非得叫你长长记性，叫你知道啥叫规矩！"那一晚我可没睡，从头去熬。整熬了一夜，熬了四大盆毛汤，两大盆清汤，一大盆奶汤。

蒜 葱 姜

拍大蒜呢，一般炒菜的蒜末是拍，调菜必须得捣蒜浆。捣蒜浆的时候还要加盐，加醋，加香油拌，用油把它给封上，营养就不跑，味道也不跑——这都是过去的传统方式。现在很多饭店做蒜汁都是直接用刀拍，所以就不会有蒜浆的味道。现代科学发现，大蒜里有一种大蒜素，必须得经过充分氧化以后，才能够充分地起作用，才能够杀菌消毒保护肠胃。蒜是地下生长的，又带皮，它就有蒜油和蒜浆，你必须用蒜臼去捣，再加上盐，盐的作用呢，是这样的：首先盐能增加摩擦力，使得蒜被捣时不会乱飞。其次也是最重要的一点是，盐能改变细胞所处的溶液环境，改变了细胞内外的渗透压，再加上大气压强的作用，就能够把蒜里面的蒜油和蒜浆都激发出来。这时候的蒜才有真正的蒜香味。而且这时候的蒜经过充分氧化，还不那么辣了，进入肚子里以后也会被完全吸收。它能贴到肠壁上。这就是为什么有个偏方，说如果痢疾拉肚子，就捣点儿大蒜吃下去，就能立马管点儿用。——蒜本身就是药。葱姜蒜都是药。葱姜还有平衡的作用。我们常说用葱姜爆锅，是为了闻香味，更重要的是为了平衡原料的不同特性。就像开中药，你君臣佐使都开过了，都要加上一味甘草，甘草就是为了平衡。中药为什么能治病？就是用这药的特性，来驱赶你身体的那种邪性。你身体热了，就让你寒。你寒了，就让你热。饮食也是如此，所以搭配很重要。搭配就是平衡营养。

这些传统都是很有讲究的。没有一处没来源。

说到姜，上床萝卜下床姜，说的是姜是大寒么，所以上床不能吃。萝卜是顺气的 —— 也有说泄气的，都行。气是必须泄的。因为它泄的是什么气呢？浊气。不好的气。你身体里有两种气，一种是营卫之气，还有一种是浊气。浊气必须要排，来保护你的营卫之气，也就是元气。

章丘葱、大蒜都好。它的葱白长，个儿大，味道甜。河南封丘大葱，滑县大葱，中牟大蒜，也都很好。

老老实实

师傅有一句口头禅，想做个好厨师没有什么诀窍，就是四个字：老老实实。他说这四个字是所有手艺人的根本。老老实实练基本功，老老实实找好食材，老老实实做菜。汤该炖到什么时候一定要炖到什么时候，该用四川汉源的花椒就一定要用那里的花椒。蒜该捣的时候一定不能拍，葱该切丝的时候一定不能用段，面要醒三个时辰，一定不能两个半，得烧地锅的时候一定不能用天然气和电磁炉……说句瓺话，所有的程序都得老老实实，有了这四个字，厨师就有了立世的根本。哪怕你做不了太好呢，最起码也不会太差。

师傅还常说：一天不老实，自己知道。两天不老实，同行知道。三天不老实，外行知道。这是说唱戏练武的功夫，厨房的道理也是一样。这块面，你少揉一下或许没什么，少揉两下就肯定不一样。那肉在锅里多焖一秒钟没事，多焖十秒钟肯定就不行。举个简单的例子，就是一碗炝锅面，老实做肯定就比不老实做要好吃。炝锅面要用高汤，同样是高汤，老实的做法是另开一灶，让高汤一直滚开着，煮面的时候，加进去的就得是这热高汤。绝对不能是凉的。道理么，一是热汤本身就香，一烫顶三鲜嘛。你想，底料都炝好了，你一勺子凉汤加进去，就像一个人正在满头大汗地跑步健身，你突然硬拽着他去冲了个凉水澡，他能不感冒？饭菜和人一样。这样做出来的饭菜就是有病，怎么会好吃呢？

当然，厨行的事很难形容，鱼要鲜嫩到什么程度？饼要筋道到什么程度？没有公式或者标准，所以想打马虎眼的话，尽可以去打。食客们也不一定能吃得出来，甚至可以说，绝大多数食客都尝不出来。但是，但是——说，水往低处流，人要往高处走。手艺人的高处不是升官发财，手艺人的高处就是精益求精。你有了往上的心劲，也做了往上的努力，你的手艺就会一天比一天好，一年比一年好，久而久之，你自然就成了高人。你以为高手是怎么来的？就是这么老老实实慢慢儿磨出来的。我说其实也就是两个字呗，老实。说，就得是四个字。我说为啥要重复一下？老老实实，意思不还是老实么？说，因为这世上聪明人太多，聪明人太容易不老实。所以得老实里再夯上一层老实。

所以咱们这一行，手艺之外的东西，不能太想着进步。越想进步，就越容易退步，尤其是德行退步得快。有人跟我理论过，说有的人德行很差，却也不影响他做菜的手艺很好。就像武术一样，有的人心思很坏，武功却很高。所以说看起来品行高低和专业水平没啥关系。我说，这说法不对。这两者不仅有关系，关系还大着呢。正因为是大关系，所以不是一时半会儿能看出来的，沉住气往后看，越往后看越能看出分晓。就打个比方吧。你如果品德坏手艺好，你就容易用好手艺做坏事，比如把坏的东西做得让人吃不出来，把臭东西做香，把腐烂的东西做成新鲜的样儿给人吃。——到夏天，你看看街边大排档上的那些菜色，你看看那肉的红，那么妖艳粗鲁，肯定是用了色素。其实稍微用心一下，食材本身的颜色就够用了。红萝卜西红柿红椒这都是红，苦瓜莴笋菠菜这都是绿，莲藕山药土豆这都是白，紫菜香菇黑木耳这都是黑，哪样不好？天然好看又健康。即使卤肉什么的需要调色，也应该用糖啊酱油啊这些东西来调。你知道么？藏红花汁儿调出来的金黄色，那可是漂亮极了。想要让牛肉颜色又好口感又嫩，木瓜浆的功效比嫩肉粉强几倍。

可是心性坏了，就会为了利益，就能做得出来下作的事——你整个人，整个心性是往下走的，这就注定了你即使悟性不错，即使手艺到了那么一个阶段，也很难进一步提升。因为你的选择很容易趋向于不好的东西，这会妨碍你往更高的地方走。所以啊，第一要紧的就是练基本功。都说咱们厨师就是"金手银胳膊"，可"金手银胳膊"是啥？就是手艺。手艺是啥？就是技术，就是基本功。现在的很多厨师都走偏了，不钻研技术，就知道搞公关，搞策划，要打造这个，打造那个……不是金手银胳膊了，成了金嗓银喉咙。有的还一门心思想当官。人和人的心性不一样，活法也不一样。有的人一当官，不但觉得丢了专业不可惜，甚至恨不得越丢越远。他觉得自己的专业说起来可丢人，就想洗干净，恨不得人家都不知道……不过有意思的是，他们退休后又回头去吃技术饭，纷纷去当什么技术顾问啦。

你是去跳舞吗

那天黄昏时分,我照例去大剧院快走。北京话叫遛弯儿,我还不习惯这么说。但在去的路上确实只能是遛弯儿,人太多了,快不起来。

周边没有高楼,都是四合院居民区间隙里的宽窄胡同,好在条条胡同通剧院。邻着大剧院的胡同叫兵部洼胡同,"兵部"很严肃,加上了"胡同"就变得亲切了一些,再加个"洼"简直就是可爱了。

进到兵部洼胡同时,我的节奏快了起来。再有三分钟左右就能到大剧院,行人也少了,此时快起来也有热身的意思。突然间,我听到一个苍老的女声在问:

你是去跳舞吗?

这应该是熟人间的寒暄。我没答话,继续前行。

哎,闺女,你是去跳舞吗?

我停下来,看到了身后的老太太。除了我,周边没有别的"闺女",何况她还在眼巴巴地看着我。老太太很瘦弱,穿着旗袍,围着薄围巾,旗袍和围巾的颜色都很花,花得没有主色调,简直无法形容。她拎着一个大塑料袋子,里面影影绰绰能看到水果和蔬菜。

可以确认她是在跟我说话。我想说"你好",又止住了。

你是去跳舞吗?她又问。

不是。是去大剧院锻炼。您……有什么事吗?

没事。我没事。就是问问你。

她走得很慢,我只好慢下来。

你该去跳舞呀。她说。

我的肢体协调能力差,跳不好。

刚开始都那样。

您去跳吗?

去。以前经常去。她叹了一口气:这一年多没去啦。

怎么不去啦?

她看了看我,笑了笑。

去年老伴儿死了。她说,我一个人啦。

我不知道该说什么了。安慰毫无力量。她是笑着跟我说的。听过一个说法:笑着说出悲伤故事的人,都特别宽容善良。因为不想把自己的痛苦传递给别人,先最大程度地自我消化了。

我八十二啦。她又说。

您看着可不像。很精神呢。我连忙说。

不行啦。她打量着我：你身板儿挺好的，去跳舞吧。我刚开始跳的时候也不行，一个动作学了仨月才会。她喘气声大了一些，也许是边走边说气息不足，我尽量更慢些，落后她半个身位。

东西沉吗？我帮您拎吧。

不沉。只当拿哑铃了。她又笑：我快到啦。右拐就是。

您这地段真好。

好不好的，反正住惯了。

前面是个小小的十字路口，有红绿灯。直行几步就是大剧院。正是红灯。

老太太越过我，向右行去。

我走啦。她说，你去跳舞吧，反正也没啥事，慢慢学呗。

好。我说。

再见！

再见！她一边挥手一边说，你绿灯啦，快走吧。

我小跑着过了人行道。回头看她的背影，暮色中似乎更瘦弱了。

真是个孤独的老太太。太孤独了。让我一想起来就觉得很难过，很难过。

听 秋 风

忽有一天看见，树树银杏变成灿烂的金黄色，在阳光下叶叶如画。风的气息也越发清凉。秋天就这么日渐深重地来了。

周末晚上，正在家里吃着饭，接到老家来的电话，是师范的同班同学，说一个同学去世了。那个胖胖的男生，我和他在学校时都没有讲过几句话，交情平淡，毕业之后更是音信渺远，二十多年才见过两三次吧？也是热热闹闹的同学聚会，不过是见面问候一下寒暄几句。两年前，得知他罹患恶疾，我回老家时，和几个同学去探望了他。他那时虽然消瘦，精神还好。后来不时在班里的微信群里看到他的消息：他又转院了，他回家了，他身体的各种指数显示良好了……这段时间微信群没有他的消息，我想没有消息就是好消息，却断断没想到他会去世。

还聊了些别的同学的近况。有做生意的，有身陷囹圄的，有升任了地方组织部长的，有当纪检委书记的，有在"211"大学任重要职务的，而我因离开家乡来到北京，也时不时地成为同学们的谈资……这就是秋天的声音吧，各色齐备，盛大斑斓。

电话挂断，我继续吃饭。吃完饭，嗑着瓜子，心里却是一团乱，脑子里浮现着那位离世同学的音容笑貌。不久前，他正在生死边缘挣扎，我却懵然不知。刚刚传来他去世的消息，我却还依着惯性该吃饭吃饭该嗑瓜子嗑瓜子。我们是同学，但是我什么也帮不了他，什么也不能为他做。

他在这个世界已经不存在了，我还要继续一如往常地生活。

——为什么，为什么他死了，我的心里会如此复杂？

不只是他。门口超市忽然有一天换了店名，我才知道店已经易主。一问，原来的老板不久前车祸去世，他高高的个子，有点儿驼背，殷勤而精明，每次我去买东西，他都会在收银台那里站着，偶尔温和地笑问："还需要点儿什么？有新鲜的老式面包，味道不错。"

不由悲从中来。

活得越长,这样的事情就越多。我活着,我认识的人,已经开始断断续续地死去。从十五岁父亲去世,我认识并领教了死亡,也开始明白,原来,我不是一下子死去,每一个人死去,都带着一部分的我。我就是这样慢慢死去的:他们每一个人的死,都带走了我的一部分活。

我所深爱的一位兄长,曾经以撒娇的口气说,不想活那么长,活得太长没意思。我半开玩笑告诉他:"虽然知道你活得好好的,可是想到有一天你会死,我就想大哭一场。已经哭过好几场了。"他顿时气急败坏地骂道:"呸呸呸,我会拼命活的。"

是啊,亲爱的人们,好好活,拼命活吧。我是那么爱你们。哪怕只是为了这爱,也请你们好好活。请尽量活得热烈一点儿,让秋风之后的沉寂冬天,来得晚一点儿吧。

橘　子

我是在火车上遇见他的。他是位英俊少年，我那时是穿白毛衣的独身少女。我们对坐。他面前的塑料袋里是金灿灿的橘子。

我把脸扭向窗外。

"这橘子可真不错。"我听见他自言自语。

我知道他是希望我能接上话，然后顺理成章地给我橘子。可万一他是人贩子，万一他是道貌岸然的流氓，万一他是居心不良在拿我开涮……我闭上眼睛。

他该下车了。橘子仍耀眼地堆在那儿。

"你的橘子！"我喊。

"帮我把它们消灭了吧。"他笑道，"我的行李够重了。"

橘子很甜。

又过了两站，我拎着橘子下了车。匆匆地在站台上走着时，忽然听到有人问："橘子好吃吗？"

回头。少年坐在另一节车厢的窗旁，微微笑着。

老张家的饺子

每逢长假,最惬意的事情就是宅在家,最不想做的是出自家门,除非——

"去老张家吃饺子吧?"这一天,"大树空间"的张娇提议。

"好。"

这几乎是最具诱惑的出门动力,之一。

老张家的饺子,记不得吃多少次了。真是好吃。简直可以说是全郑州最好吃的饺子,没有之一。静姐盘馅,老张和面,静姐擀皮儿,老张包饺子,夫妻二人同心同德,珠联璧合。相较之下,静姐的手艺更值得赞美。她盘的馅无论是猪肉羊肉牛肉还是三鲜,无论是萝卜白菜西葫芦,都是那么清香美味。她擀饺子皮儿也有心得,每一张皮儿都擀得中间厚四边儿薄,这种皮儿包出来的饺子,边儿和边儿压在一起不厚,饺子肚那里也不薄,口感又好，煮起来还不会破。

当然，老张同志和面包饺子的水平也是极高的。第一次看到他包出来的饺子时，那感觉只能用惊艳来形容。每逢到他家吃饺子，我第一件事就是跑到厨房去，把饺子们尽情欣赏一番。

今天的饺子是三盖帘儿。静姐说，这饺子有一百四十个呢。在盖帘上，大饺子们气势恢宏地一队队排列着，像战士一样，一看就是男人包出来的饺子。

餐桌上有四样凉菜。在老张家吃饺子，向来就只是四个凉菜。

"主要是吃饺子。"老张说。

对极。我吃东西也喜欢一心一意。要吃饺子，就吃饺子，要吃烩面，就吃烩面。有几样菜也不是不可以，但一定要简单，不能喧宾夺主——这个主，就是主食。要把宝贵的胃空间，留给可爱的主食，不然哪能叫吃饭呢。

四样凉菜是：木耳，豆腐干，肘花，银条。其他三个也罢了，偃师特产的银条却是大有学问。据偃师县志载，这菜是厨神宰相伊尹培植，因此原名为"尹条"，作为国家地理标志产品，它可娇气得很，需要的土质是：有水而不湿，有沙而不松，所以只在偃师伊洛河汇源之处的寺庄一带生长。物以稀为贵，再加上其品相洁白修长，口感清新爽脆，卖价也高，因此又被百姓称之为"银条"。

备凉菜其实也是为了下酒。饺子就酒，越喝越有嘛。吃饺子，是得有一点儿酒。即便再不善饮，此时我也不拒绝来一小杯酒——如果是茅台，就来两杯吧。

我们在餐厅吃着喝着，静姐在厨房煮着饺子。我们假模假式地说要去厨房帮忙，被她严词拒绝。不是怕劳动我们，而是怕我们把饺子煮破。她做得对。她亲自煮饺子，我真是再放心不过了。

饺子还在锅里，醋上来了。衣裳配裤，饺子配醋嘛。

终于，两大盘主角登场，热气腾腾，醉人心脾。两种馅儿，一种是萝卜猪肉馅儿，一种是黄瓜鸡蛋木耳馅儿，也就是三鲜馅儿。是混下在一起的，想吃哪种吃哪种。很好辨认：黄瓜绿和鸡蛋黄透着白莹莹的皮儿，清晰可见。

"本来想盘白菜馅儿，一看，那白菜不行啊。萝卜刚到时令，就吃萝卜吧。"静姐说。这个萝卜馅，听她说起来，就是一篇好文章。她说她以前都是把萝卜切片后再焯水，然后再把萝卜片挤干，剁碎。现在她不这么做了："我直接把萝卜擦丝，擦成特别细特别细的丝，稍微控一下水，再加调料，这饺子，你慢慢品，这个萝卜丝有嚼劲儿吧？有韧劲儿吧？有鲜劲儿吧？"

嗯嗯嗯，有有有。你们家饺子这么好吃好看，你说什么都对。

对于调馅，她也自有诀窍："不，千万不能直接把肉和菜调到一起。要分开调。肉呢，要放生抽和老抽，生抽调鲜味，老抽调颜色。再放葱，姜，十三香，盐……调好之后，把肉腌半个小时，才能拌进菜里。菜肉的比例么，城市里精细些的吃法，是一比二，一比三。我家里吃的都是一比四。肉么，就是那么轻轻点一下，能让菜里进去肉味儿就可以了。要记住呀，肉是给菜锦上添花的。许多人都弄反了，把肉当成了锦，把菜当成了花，结果是菜少肉多。既是腻香，也不健康。"

酒足饺饱后，到客厅喝茶。静姐负责泡茶，老张负责聊天。听静姐说话，你会知道什么叫人间烟火。听老张说话，你会知道什么叫作尘埃落定。你会觉得，没什么大不了了，没什么过不去的，那么多人的人生啊，没有笑话，也没有神话，只有三个字：不容易……总之吧，随便一小段，都是好文章，或者说，都是一碗薄皮大馅的好饺子。遗憾的是，近些年，他不大写了。这些好饺子，成了他的私房。

亲爱的老张，请写起来吧，让更多的人吃到这些好饺子吧。写的时候，请记得搭配上你特有的凉菜、醋和酒啊。

果　脯

有一个忘年交的老姐姐，每年我们都找机会聚上一两次。她比我大二十来岁，其实我该叫阿姨的。可是自从认识她，就自然而然地叫她姐姐了。虽然已经六十多岁，可她的眼神依然清亮，体态依然轻盈，笑起来依然天真，我实在不能把她叫作阿姨。

聚的由头通常是果脯。她很会做果脯。苹果，桃，梨，杏，李子，山楂，菠萝，樱桃，甚至圣女果，只要稍微合适些的时令水果，什么被她逮到她就做什么，也都能做得成。切片，晒干，腌渍，浸泡，熬煮……一道道工序琐琐碎碎，光听着就让我蒙，她却不急不躁，一派平心静气。岂止是不厌其烦，简直是乐在其中。

说起做果脯的缘由，她指指先生："还不是因为他嘴馋。年轻时候，家里又穷，果脯又贵。我就摸索着做，居然学成了。"

"大哥您可真有口福。"

"唉,早就叫她不要做了,现在又不缺那几个钱,哪里买不着这些个呀。她不听,非得做,我还得承人家这份情。"先生的神情既无奈又惬意。

"外边买的能有我做的好?再说了,谁叫你当初逼着我学的?"老姐姐娇嗔,"非做。想不吃也不成。就叫你承我一辈子的情。"

"真霸道。"先生摇头。

"还不是你惯的?"

眼前的他们,发微雪,背微驼,手上尽是黄褐斑点,确实已经显出老态。

可是,他们怎么还是那么甜呢?用河南话形容,恰是"老甜老甜,老甜甜"。

忽然意识到自己的这句感慨里,除了钦羡,更多的其实是讶异:他们怎么还能这么甜呢?都已经这么老了。人老了,爱也会老的吧?虽然爱也还在。不过,即使爱也还在,到底也已经老了啊。

忽然又想,十来年前我认识他们的时候,他们就已经不年轻了。那他们更年轻的时候是什么情态,只能比现在更甜吧?

这甜和甜,又该怎么比呢?

也许，就是水果和果脯的区别吧。

年轻的爱是水果，像一首歌里唱的那样："你是我的小呀小苹果"，小苹果鲜嫩嫩的，水分充盈——无论是什么水果，水果水果，水分总是第一位的。水果如果失去了水分呢？就会干瘪。但只要不坏，它就依然美味。它们只是换了个样子，却依然是甜的，甚至更甜。此时的他们，就已经变成了果脯。果脯，比水果经得起挤压，不怕摔打，保质期长。营养？当然是有的。它还有着大量的果酸，矿物质和维生素。它的营养，变得更为深沉。相比水果，果脯最大的缺憾就是不再鲜亮好看，甚至还有些丑陋黯淡。可话说回来，等到活成了果脯，好看不好看还有什么重要呢。

裸体聚会

那时候我还很年轻——二十来岁，还在县城生活，那时候地方上只有土暖气，所以一到了冬天，依旧得到公共浴池里洗澡。离家最近的浴池叫"清雅浴"，名字起得很有诗意，想来这家该有一个淡美的女孩子吧。

浴池分大间和单间两种。大间也很干净，白色的瓷砖浑墙到顶，脚下是雪一样的镂空防滑板。淋浴被一个一个隔开，每个人都很自由，但又随时可以交流。单间也许更好，不过我从来没洗过单间。我喜欢在大间里，倒也不是贪图省那几块钱，我只是喜欢看大间里有那么多的人。看着那些人，感觉很特别。我想，也许在这个世界上，再也没有比这样一个地方更真实更可爱的了。

是因为大家都在裸体么？

刚进来两个女孩子，把东西放在浴床旁白色的木桌上，然后，松开头发，又把它高高地绾在头顶，再一件一件地脱去衣服。她们的身体是修长的，却又处处透着饱满的光泽。阳光打在天井的玻璃上，又折射到她们的身上，使她们的皮肤看起来晶莹剔透，如无瑕之玉。我常常怀疑她们来洗什么，因为她们看起来是那么干净。她们边脱衣服边唠叨："脏死了，脏死了。"神秘地互相告诉着：已经多久没有洗澡了。她们笑着安顿好衣服，换好拖鞋，快速地向里面跑去，急促的脚步声含着几丝娇气，仿佛在说：冻死我了！冻死我了！

做这一切的时候，她们不看别人，仿佛是有些羞怯，我觉得更像是一种骄傲，似乎她们清楚地知道，她们的身体是其他任何年龄段的女人不能比较的，她们就是黄金期。而其他的女人也真的只有看她们的，看着她们一溜烟儿地跑进去，再慢慢腾腾地做自己的事。

淋浴下面是另外一副温热的情形。如果有的地方水声落得沉重，那一定是有少妇带着孩子在洗。小小的孩子坐在红色的盆里，用肥皂盒舀着水嬉戏，他不断地把水倒进地板的镂空处，仿佛在测量那黑洞洞的地方到底能盛多少水。偶尔，他也会趁母亲不注意的时候，偷偷舀些水递到嘴边，想尝一尝水的滋味，被母亲发现了，自然会斥责："怎么能喝这种水？你倒知道用这种水来洗肠子！"一边蹲下来，停止他的自由活动权，给他上上下下地搓几下。孩子又开始就近嬉戏母亲的身体，他一边摸着她的乳房一边做出要吃的调皮模样，母亲也笑了，骂道："你吃，你吃，你这没皮没脸的傻瓜瓜！"

年轻人都站在淋浴下，池里的只有老人。她们小心地坐在池里的座道上，不时用毛巾往身上撩水，她们常常不怎么说话，在这水里本身就会让人有一种舒适的疲乏，在年轻人的喧闹中，她们就更沉静了。她们满是皱纹的身体泡在水里，透过水的波光，皱纹似乎也含糊了很多，而蒙蒙的水汽淡淡地遮盖在她们的脸上，宛若摄影上用的柔光纸，使她们的老也有了一种朦胧的美。一会儿，就有年轻女子过来问："妈，要不要搓背？"然后小心翼翼地扶她站起来，出了池，躺在宽大的革皮床上，给她仔细地搓起来。

也有十来岁左右的少女，身体还是那么瘦薄，她们看着左右晃动的丰满身体，眼神里常常会闪过一丝不知所措的迷茫和好奇。我将来就会和她一样么？不知道她们是不是这么在想。一边搓着的时候，如果碰到有目光落在自己的身上，她们会下意识地转过身去，不让那目光接触自己最敏感的正面。她们像小鹿一样，在一个最轻微的细节上都容易受到惊吓。

在这里，单纯得似乎只剩下了身体。

在这里也会经常地碰到熟人。两个熟人在这里见面似乎和在街上见面不太一样，在街上见面大都会聊聊对方身上的衣服，而这里没有衣服可聊，又总不能聊对方的身体，只好笑笑，说些可有可无的话，如"你也来了？"再聊多些，也至多是聊聊头部的器官，如"你的脸上怎么有痘"，"头皮屑是越来越多了。"年龄相当的女人大多是要暗暗比较一下自己和对方的身体的，可又不能盯着看，只好在说话的空隙间飞快地浏览一眼。等到对方不注意，转了身去拿东西，比得才会有些从容。然后在心里告诉自己：明天就得计划计划怎么减肥了。

不时地有人进来，也不时地有人出浴。出来的人一身的水珠，在明亮的光下，像是披挂着一身小钻，灵动极了。坐在浴单上，赶紧穿上衣服，然后用毛巾绞干头发上的水，再细细地梳理好，就可以静下来休息一会儿，看看别人重复自己刚才的这个过程。老人出来的时候是一步一步，极缓的，有的有女儿在一边招呼着，穿衣就轻快些，有的是自己一个人来的，在穿套头内衣的时候，内衣往往在背部卷成了卷，得很吃力才能拽下来。穿好衣服之后，她会长长地喘息几声，仿佛完成了一件多么艰难的事情。我曾经帮几个老人拽过这种衣服卷，有的连声说："谢谢，谢谢。"有的只是羞愧地笑着，似乎是在自我解嘲，又似乎在讷言中隐着深深的自卑。也有泼辣豁达的，她们是大声声明："老了，真的是老喽！"

小孩子穿好了衣服往往就会乱跑，免不了就撞上了刚出浴的人，那人也来不及理论，只顾着跑去穿衣，只有孩子在开心地笑。被撞的人也边穿衣边笑。我从没见过一个为这种事情生气的人。大约刚刚洗过澡的人是最温柔的吧。

在浴池的出口处有一面镜子，边上放着一个拴在钉子上的梳子，女人们走过镜子的时候，总要停一停，再整齐的头发也要梳两下，才会出门。这把梳子梳过的头发都是洁净的，所以，我不用闻就知道，那把梳子有多么清香。

活得明白的人

二月底,应某书店之约,有大咖级的文学前辈从京城到郑州做读书分享会。书店安排的午餐地点是鼎鼎大名的阿五美食,红烧黄河大鲤鱼是其招牌。一行六人进到包间,刚刚落座,服务员笑盈盈走到大咖身边,响亮地喊了一声:

"哥,欢迎您来到咱们阿五。我是甜甜,很高兴为您服务!"

大咖哥忙不迭地点头:"好,好。"

"听口音,哥从北京来?"

"是啊。"

"咱北京,还那样?"

这问候语中间的停顿着实意味深长。哄堂大笑。

"是啊,还那样。"哥很随和。

"我在北京香格里拉饭店工作过好几年,三年前才回来的,"甜甜唠着嗑,端茶倒水斟酒布菜都不耽误,"就是三年前的今天,从北京回来。三月十五号结的婚,四月十五号怀的孕。"

又是哄堂大笑。

"那怎么没有在北京找一个呢?"

"也想在北京找呀,找一个北京人,在北京扎上根儿,那该多好呀。可是咱追了一个,没追上。"莞尔一笑,"有个马来西亚的客人喜欢咱,追咱也没追上。"

"缘分不到呀。"

"是呀哥,缘分不到就是不行。咱也喜欢北京,可缘分不在那儿,就在咱老家哩。"

"遗憾不?"

"也不遗憾。咱老公挺好的,还有个帅儿子,有啥可遗憾的!"甜甜嘎嘣脆。

"瞧瞧人家,活得这叫一个明白。"哥赞叹。

已经好些时日没见过这么自来熟的服务员了,不知道这是不是程式化的工作风格,以便拉近和客人们的距离,短暂地营造一种亲密关系。不过,不管对多少客人这么自述过,都不妨碍此刻我们愉悦地接纳。她不是演员,她不是在演戏,也许她只是一个看着热闹的寂寞的人,我们不也常常如此?

甜甜已经开始给哥介绍刚上桌的黄河大鲤鱼，请哥喝鱼头酒，说是"鱼头一对，大富大贵"。哥把鱼剪了彩，她又给每个人分到盘子里。等这面的鱼肉吃差不多了，眼看着哥去夹下面的鱼肉，她的筷子轻巧敏捷地先伸了过去："哥，等我给您把鱼顺过来。"

"顺过来？"

"对啊，咱不叫翻，叫顺。咱黄河边上留下的老规矩，忌讳说翻。"

"嗯，顺好，顺好。"哥频频点头。

她的胸前挂着打赏用的二维码小牌，这种小牌最近在郑州的饭店里很是流行，相当于小费，标价3.99元。客人要是觉得哪个服务员好，就可以扫码打赏她。但是如果客人不说，服务员不能自己主动向客人讨要。甜甜挺着胸脯，蜜蜂一样忙碌着，那个小牌熠熠闪光。

"你这牌子，是什么意思？"哥终于注意到了这个。甜甜便介绍了起来。

"这个真不错，"哥也开始调皮，"如果我没钱打赏，你不会恨我吧？"

"哪能呢哥，看您说的吧。有打赏是哥，没打赏也是哥！"

"这丫头真讨喜，来来来，我替哥打赏你。"随行中的一位男士受不了了。

"哎呀不好意思呢。"甜甜撒着娇奔过去,弯下腰,让他扫着小牌,殷殷道谢。不一会儿,手里拿着一样东西走进来,走到哥面前:"哥一看就是个高级文化人儿,气质不一般,肯定喜欢读书。我特意向领导申请了我们阿五的精美礼品送给哥,请哥不要嫌弃。"

是一枚铜制书签,U形,一端镶嵌着一尾小鲤鱼,很是别致。

"希望哥读书的时候会想到郑州,想到郑州的时候会想到阿五,想到阿五的时候会想到甜甜。"

众人醺醺然,都看着哥。哥掏出了手机:"来来来,跟我说说怎么打赏,必须打赏,必须打赏。"

于是一行人依次打赏,甜甜走到每个人面前接受扫码。整个包间里其乐融融,如沐春风。

分别的时候,她一直把我们送到电梯口,微微鞠躬,恢复了最一般的服务员腔调:"抱歉我不能远送各位,还要服务别的客人。再见!期待再次光临!"

已经离开饭店很远,她喊"哥"的样子犹在眼前,那一声声清爽明亮的"哥"犹在耳畔。她喊的时候是怎么想的?应该没怎么想——肯定没怎么想。她喜欢喊,也知道哥喜欢听,那就喊了。她不犹豫,不纠结,在自己的权限之内,按照自己的逻辑自然行进。所以,哥说她是个活得明白的人,没错。

这样的人,实在应该被打赏,也一定被生活以各种方式打赏吧。

在殡仪馆

年岁见长,我发现到殡仪馆的次数一年比一年多了。

人死比天大,是一句俗语。意为这是最为迫切重要的事。在乡村,只要死者家属上门磕头报丧,手头再忙也得放下,恩怨再深也得解开。然后,出钱的出钱,出力的出力,都去帮忙办白事。在唢呐声和泪水里,自有一种深切的体恤和温情。

在城市里感觉到的,却很不一样。

最近参加的是一个前辈的葬礼——只要时间允许,前辈的葬礼,我总是会参加的。我和这位前辈交往很少,从没有单独交谈过,只是偶尔在会上见面。记得某次开会,我们一起坐车,我和他座位挨着,他看着窗外的街景,突然问我:"澳门豆捞——小乔,豆捞是什么?"

待我细细地讲给他听,他便孩子般地恍然大悟:"真有意思!"

他离世之前，我去看过他两次。他戴着呼吸机，已经不能讲话了。我说想给他送点儿书看，他摇摇头，用唇语告诉我：看不动了。

这是曾经视文字为生命的人啊。

他去世之后，朋友圈刷爆了他的信息，很多人图文并茂地回忆着他，怀念着他，也表达着没有去医院看望他的懊悔。

"应该去看的，就是忙啊忙……"

"没想到他会走得这么急……"

说到底，其实还是觉得去看他这件事情并不重要。如果是现任领导，恐怕早都纷纷赶去问候了——似乎有道德谴责的嫌疑，其实我也一样。尽管心里一直惦记着去看他，可总是把别的事情安排到这前面，推了一次又一次，直到担心成为憾事，才赶忙去了医院。也因此，他去世之后，心里才稍感安慰。

人世之浮伪，便是如此。

葬礼上，让我意外的是见到几位省外的朋友，分别来自上海，广州，还有海南，都是闻讯专程而来。如此场合，旧友相聚，悲欣交集。上海的朋友环顾着葬礼现场的面容，边寻觅边天真地说："谁谁谁不可能不来的呀，老人家生前为他操了多少心啊。"

但是就是没见那个人来。那个人在微信上说，自己无奈出差了。

忽然开始想象，自己如果死，哪些人会来，哪些人不会来……当然，他们来不来根本无所谓。人死灯灭，万事不知。只是在我这活人的矫情想象中，不由自主地有些矫情寒意而已。所谓的"世态炎凉，人情冷暖"，年龄越大便越觉得，说到底，世态还是炎的少，人情还是冷的多。

看韩剧《我的梦幻葬礼》，罹患癌症的女孩和追她的男孩聊天，说起一个去世的病友，男孩问她和病友的关系怎么样，她说："最多就是她死了，会去参加一下她的葬礼。"男孩说这种程度算是亲的了。女孩问怎么就亲了？男孩说："葬礼可是唯一一个当事人不参加的活动。不是因为死者家属才参加的，纯粹是因为和死者的缘分才参加的。也没有人让你去。即使那样也会参加的话，我就觉得是很亲的了。"

不知道是什么人翻译的，翻出来的这些对话有些磕磕巴巴，词不达意，但我觉得我懂了：因为作为当事人的死者不可能邀请你来参加葬礼，你去参加了他也看不到，所以，在如此前提下，你还会去参加那个人的葬礼，那你对逝者应该是很有情义了——亲属除外。因家族情势和血脉渊源,葬礼对亲属有着某种必须参加的强制性道德律。但对于亲属之外的朋友,则有着宽松得多的自由度。而唯其如此,也才更能体现"尽心"二字。

又想起一件事:几年前,一个诗歌界的前辈在北京去世,一个外省诗人听说之后,当即买票前往,一时之间没有买到票,他坐在售票处的地上号啕大哭……这个诗人一直被人争议,众说纷纭,总让我觉得惶惑。这件事让我对他有了笃定的信任感。这样的人,再不好,又能坏到哪里去呢?

曾参加过一个笔会,在一段单调漫长的乡间路途上,导游怕冷场,便很卖力地讲着荤段子逗人们乐。突然,转过一道弯,迎面来了一支送葬的队伍。司机便靠着路边,将车慢慢停住。车里的人们都沉默下来,年轻的小导游却还是在喋喋不休地讲着,讲着。沉默的车厢里,反感的气氛越来越浓厚,终于有人开口对她说:闭嘴。

——有人刚刚去世,正在被送往墓地。我们正和他擦肩而过,即使不认识他,即使不知道他的姓名,不知道他的一切,此时,至少应该保持起码的静穆吧。

逝者已逝,没有知觉。可是活着的人,还是应该致敬。因为我们都曾是生者,也都将成为逝者。

第一次到殡仪馆的时候,我曾惊诧于这里的喧闹。那么多遗体告别大厅,那么多正举行和正待举行的仪式,那么多吊唁的人,那么多悲恸的泪水……那个烟囱,一直在火化着尸体。这是人生结束的地方。人们的服饰都简单素净,黑白是最普遍的颜色,似乎意味着所有消减了的俗世欲望。殡仪馆这个地方,让我无比明晰地看到,人生就是一场茫茫大雪真干净,死亡就是最终的休眠和虚妄。

人生的底子,无非是自己那颗心。

要那么多东西做什么呢?

一定要清楚这一点。

香樟木少年

一直记得那两个少年。

盛夏,我们去婺源李坑村。逛过村子,便上了村后面的小山,我掉了队,走了一点儿岔路,便遇到他们。看样子是兄弟,还不到二十岁,都是十分清秀的男孩子。他们做的生意便是把一棵香樟树的树干锯开,一片一片地卖。

我一边挑选着木块,一边和他们闲聊。

你多大了?

十八。

你呢?

十六。

是兄弟么?

是。

现在是淡季还是旺季?

淡季。旺季是四五月份油菜花开的时候。要是旺季不会是这个价格。一块钱一大块呢,你闻闻,香不香?

这一块有个窟窿。

十樟九窟呢,很正常。

呀,蝴蝶飞过来了!

因为香,蝴蝶才飞过来。

这木头,它会不会也生小虫子呢。

不会。他们笑了,仿佛我问的是多么无知的问题:它们本身就克虫子呀。

对此我确实无知。

会不会我买了之后就不香了呢。

不会的。那个哥哥突然说:我们不会骗人的。以质量求生存!

他说得那样铿锵有力,我忍不住笑了,他们也笑。

不疾不徐地,他们一片一片地锯着香樟木,已经锯到了木头的根部。根部的木片很宽,一片十块钱。

太贵了,不时有路过的游客说。

你来锯,你来锯,你锯下来就是你的!哥哥有些生气地对那些游客说。然后他把衣服脱下来,亮出汗津津的胸脯,用手将衣服绞起来,绞呀,绞呀,绞下淅淅沥沥的汗水,他说:看看,看看。

他们的眼皮都很双，还是丹凤眼，眼尾俏丽地朝太阳穴飞去，生气的时候也仿佛带着娇嗔，真是可爱的少年。还没有学会做生意，说话本真，意气风发。

看着他们，就觉得自己实实地老了。

安静的干净的青石小路，修长粗壮的翠竹，嗤啦嗤啦锯木的声音，还有浓浓醇醇的樟木香气……这一切，真让人流连。

那天，我在他们旁边坐了很久。

一顿家常午饭

那天,马晓艳陪我从天池下来,正赶上午饭时分。她问:"想不想吃顿家常饭?"我当然想。她说:"那就吃我妈妈做的拉条子吧,很好吃。正好路过我家,我也正好看看她。"——天池脚下就是阜康县城,她家就在县里。

然后我听见她给妈妈打电话,问:"姐姐带真真走了没有?走了吗?是爸爸去送的吗?你一个人在家?又伤心着呢?我带一个朋友回去吃饭,是口里的朋友,想吃拉条子。你简单做几个菜啊。"我在一边默默地笑。我是"口里的朋友",这称呼好。还有,"简单做几个菜",这么朴实,不来那些花哨的噱头。和新疆人处,真是不用存一点儿戒备,他们就是敞开了心思给你看。

挂断电话,晓艳给我讲,她姐姐在兰州,女儿叫真真,真真是她妈妈一手带大的,到了上学的时候老少两个才分开,一到假期就会回来,每次走的时候老太太都会抹眼泪——舍不得。

新村路和博峰路的交叉口，一个很静谧的小院。上得楼来，她一边敲门一边喊"妈妈"，这情形让我突然难过。很多年前，我曾经也这样，只要回去看妈妈，都是边进院子边喊——已经是十八年前的事情了。

门里没有动静，晓艳掏出钥匙，开门。进门就是客厅，干净爽利。沙发，茶几，电视机旁边的红艳绢花，窗台上的碧绿盆栽……一尘不染。房子有了岁月，房子里的东西也有了岁月，但看到眼里却那么新鲜和清洁——这是多么勤勉精细的双手才能打理出来的啊。

老太太出现在眼前，刚才应该是在厨房里。她微微笑着寒暄让座，泡上八宝茶，递上瓜果，脚步有些缓重，神情却落落大方，端庄沉着。她穿着一件灰褐色底子起着红蓝花朵的长袖褂子，头上是镂花深金色丝巾，颈上是白色的珍珠项链，腕上是一只淡青绿的玉镯。她问我从哪里来，以前来过新疆没有，又和晓艳说着某某熟人也是河南的，谁谁有河南的亲戚……

我跟着她到厨房，看见做拉条子的面已经和好了，一条条盘在那里，泛着淡淡的油光。锅里正炒着菜。问她要帮忙吗？她说不要不要，把我让回到客厅里。晓艳却洗了手，到厨房帮忙。母女两个边做边聊，不知道说了些什么。

很快,饭就好了,我们坐下吃饭。四个菜,其中有一个炒牛肉,还有一个炒白菜。拉条子十分筋道。我慢慢吃着,一边和她们聊天。

"妈,这两天睡觉好不?"

"昨黑夜还好,前黑夜不行。两腿抽筋……腿不行了,睡不着。"

"您要把身体养得好好的,常去外面走走。"

"妈想去麦加朝觐。申请了好几年了。"

"一个人就得花好几万,三四万吧。得申报。上头是有名额的,不一定能批下来。趁着还能走动,就想去一趟。"

"好几万,是不少呢。"

"孩子们给的钱。"

"都挺孝顺的呢。"

"嗯,都好。四个都是大学毕业,都工作着呢。都好。老大在美国当老师。"

"那真是好。您供四个孩子,当年是不是得欠债啊?"

"没有。日子紧巴巴的,可没有欠债。他爸在卫生局开车——这房子就是卫生局分的,家属院——工资不高,我在乡下种地,有粮食吃就好多了。再干点儿别的贴补家用,就不用借钱。日子一直都还好。两个大的上大学没花多少钱,一毕业更好了,拉扯两个小的,给他们交学费,买衣裳……都挺好的。孩子们前些年凑钱给我买了养老保险,现在一个月能领一千多。"

"真是挺好的。"

……

突然想起晓艳在路上跟我讲,她在石河子上大学的时候,每年到了棉花盛开的季节,学校都要派学生去摘棉花。交了钱就可以不摘,而摘了却可以挣钱。很多同学都不摘,她每次都去。一摘二十多天,手被划得血道子一条条的,吃得也差,毒辣辣的太阳晒着皮肤疼。可是想到家里,她就觉得自己不能偷这个懒。

这就是这种家庭出来的孩子,规矩,懂事,能体恤父母付出的辛苦,也能回赠给父母最贴心的报答。所谓的幸福和爱,就在这付出和报答之中吧。

拉条子吃完,晓艳端来面汤,说是"原汤化原食"。河南也有这样的说法。喝完面汤,又坐回客厅,我想看看老照片,老太太便找了一堆照片出来,我慢慢翻看。有一张我甚至翻拍了一下:她抱着她的长子,梳着两个辫子,圆润娟秀的脸庞,眼睛里透出盈盈笑意。一望而知是一个日子过得平和丰足的美丽少妇。

顺着老照片一一回溯,这个家庭的历史清晰地呈现出来:长子到北京读大学,又到美国读硕士,读博士,一个稚气的男孩逐渐成为盛年的男人,脸上神情由腼腆拘谨逐渐到明朗笃定;两个女儿依次长大,原本有些乡气的衣衫和青涩的容颜逐渐蜕变,距离当下越近越时尚好看。她们结婚,她们怀抱宝贝,都是"绿叶成荫子满枝"。一张又一张的全家福,家庭成员越来越多。夫妇两个也跟着逐渐由中年进入老年:在天池,在北京,在美国……

很快就得走了,我提出给她们母女拍合影。她们很高兴地配合着,这边沙发拍一张,那边沙发拍一张,把绢花摆到跟前拍一张,挽着胳膊头挨头拍一张……我也和老太太合影。我一直期待着这个时刻,甚至可以说,提出给她们母女拍合影,就是为了顺理成章地达到和老太太合影的目的。

我离她很近,很近。闻着她身上的气息,这是属于母亲的气息。我很想像晓艳那样挽着她的胳膊,像和我的母亲一样。可是我没有。她是母亲,她当然是母亲,然而我知道,她不是我的母亲。我是如此想要靠近这温暖,但这温暖终归不是我的。

"你拍照的时候好乖,像个小女孩。想妈妈了吧?"晓艳没心没肺地问。她一语中的。我没有回答,眼泪却控制不住,于是跑到卫生间里,悄悄地哭一会儿。清理好眼泪,回到客厅里,老太太正收拾那些照片,边收拾边对晓艳絮语:"回头好好把这些照片整整,将来我不在了,你们几个分一分,做个纪念……"

"你看你,说的是什么话嘛——"晓艳娇嗔。

该告辞了,老太太把我们送出门。正要走下楼梯,我又有些犹豫回头看老太太,她已经伸出了胳膊,把我拥在怀里,说:"下次再来。"我也拥抱着她,说:"您要好好的,要健康长寿啊。"

—— 她一定感知到了什么,以一个母亲的本能。谢谢她那样拥抱我,我确实是一个很需要这种拥抱的人。所以,她拥抱我的感觉,一直萦绕在我的身上。

撞钟之夜

2011年元旦来临的前一周，接到一个陌生电话，自称郑州市商管处的，约我12月31日夜晚去撞钟。

"干什么？"我疑心自己听错了。

"撞钟。迎接新年。在文庙。"她说，"活动是晚上十一点开始，元旦凌晨一点结束。"

我从来没有撞过钟，便欣然答应——我就是好奇心强，没有做过的事，总想试一试。

31日夜，格外冷。将近十点的时候，我到街上准备打车，但走了很久，也没有打到。将近十点半的时候，我终于站定在一个大十字路口，拦车。因不擅争抢，我便站得比较靠前，祈祷着能够自然而然地获得一个优先坐车权。终于，一辆打着空车灯的出租停在我面前，我连忙手脚并用地坐进去，背上落了一层羡慕的眼珠子。刚关好车门，有人敲车窗，是两个青年男子。其中一个戴着眼镜，讨好地笑着，问我到哪里去，我说到文庙，他便说顺路，想要拼车。我看着两张陌生的面容，本能地警惕，但犹豫片刻，还是请他们上了车。——2010年的最后一天，不知怎么的，想起这个，心里就格外柔软。

两人坐在后面，车启动。他们一边道谢，一边埋怨天的冷，路的堵，车的难打……我问司机："今天格外难打车，是怎么回事？"司机们一般都是百事通，这位也是，他笑道："你们站的位置是豪华地段，郑州市人口最密集的区域，本来就难打车。加上今天是今年的最后一天，出来狂欢的人多。"

"最后一天，有什么可狂欢的？"坐在后面的眼镜男子道，"又过去一年，那么高兴？"

这疑问有些天真，但也很锐利。我和司机无语。车默默地向前走着，那戴眼镜的男子却嘴不闲地问我："文庙在哪里？"

我们几个顿时笑了，他也笑——顺路的谎言不攻自破。他也没有不好意思，道："车太难打了嘛。"

文庙在哪里，其实我也不知道。请帖上的地址是：东大街与城东路交叉口，我隐隐知道是商城遗址的方位，便告诉了司机。司机又问后面那两位到底是去哪里，他们俩正在打热闹电话，等电话平息，告诉了一个地址——真是巧,居然确实离文庙不远。

"缘分呐。"两人一起感叹。缘分,这真是个俗滥的词。两人感叹完,一起笑起来。我沉默。只是笑笑。当然,这笑也俗滥。

一路不堵车,很快就到了预定的地点。我下车,付了车钱,看出租车拉着那两个人疾驰而去,便寂寂然走在街上。放眼四望,哪里是文庙呢?拦住一个路人,问他,他诧异地看我一眼,往前方五十米处一指:"那里。"

走上前,果然就是文庙。但是,多么寂静啊。高高的牌坊亮着几盏灯,根本不像是等我们来撞钟的样子。我正往里走,一个人拦住我,问:"你是……?""撞钟的。"我说。定睛看他,原来是警察,我便放心了。他似乎对我的回答也很满意,便放我进去。里面真深啊。进去走了一会儿,才渐渐看到不少人。在一个偏殿门口,一张小小的红纸上写着"报到"二字,我进去报了到,签了名,然后有人把我继续往里领。进了一个院子,才发现这里别有洞天,灯火通明,鼓乐喧天。一帮穿红戴绿的人正在彩排——撞钟之前有节目。工作人员把我领进又一个偏殿,殿门处挂着暖帘,进了殿,暖意扑面,却是生涩的暖意——是还没有熟透的暖意。是气热墙冷的那股子暖意。坐下来，发现屋子里果然没有暖气，只有空调的暖风呼呼地开着。环望四周，没有一个认识的人。但他们之间似乎互相认识，寒暄着，问候着，说着闲话，打着招呼。有人也探询似的看看我，好像想确认一下我是不是他们的熟人。但终是没有人和我说话。我也终于确认：没有人认识我。

我的心，莫名其妙地，一下子安定下来。非常安定。安定非常。我知道被邀请来撞钟的人都有些名头，不是省里的什么人，最起码也是郑州市的什么人，一般来说，这种场合，总有我认识的人。但是，这次，居然一个没有。没有人认识我，我也不认识什么人。这真好。也没有人介绍我去和他们认识，只是有糖果瓜子任我吃，有热茶供我喝。这情形，真是好得不能再好了。我便大吃二喝起来。吃喝了一会儿，我走出去，拿着相机开始照相。排舞的人，他们真是认真啊。唱歌的人，他们真是努力啊。还有跳芭蕾的女孩子，这么冷的天，居然就穿着轻纱一样的芭蕾衣……

寂寞的是孔子。在主殿里伫立的这位神仙，就是孔子。我在黑漆漆的主殿里站了一会儿，看着孔子。这静静的大殿里，孔子默默地站在那里，仿佛等着我。我掸了掸衣袖，恭恭敬敬地跪下去，给孔子磕了三个头。——

我知道，今天，对我来说，最重要的仪式已经完成了。

又进去坐了片刻，发现又添了一些面孔，还是不认识。接着便有人通知，撞钟活动开始的时间到了。我便跟着人来到主殿前面的主席台上。演出开始。舞龙，舞狮，大秧歌，太极拳和太极剑……终于，开始撞钟了。一个，又一个，再一个……终于，轮到我了。主持人开始念我的简历："乔叶……"

那是我吗？

没有想那么多，我自顾自走下去，沉稳，踏实，自然。像平时走的一样。

来到大成钟前，我握紧撞钟的粗壮铜杠——我想要撞得响亮！我知道撞得响姿势会很难看，但我不在乎。我就是要努力地撞！撞！撞！把它撞响！

我使出全身的力气，握着铜杠，撞向大成钟。

第一声，第二声，第三声……

我撞得很响。

围观的人一片喝彩。——谁撞他们都喝彩，我知道这是礼貌。我不管那么多，我知道自己撞得很响，这就够了。

下去，被人拦住，有记者采访，问这问那。又有人要求合影——方才的一番介绍似乎让他们知道我是什么人了。应酬告一段落,活动还在进行。还有人在上台撞钟。

我径自离开。大街上空空荡荡。正好一辆出租车停下。我上了车,对司机道:"师傅,新年好啊。"

司机笑着启动车,道:"新年好。您去哪儿?"

我说:"回家。"

小女老板

小店的名字,叫"零下八度"。在黄河路服装市场里。

那天在纬五路吃过午饭,我去黄河路服装市场闲逛,逛着逛着,就到了那家小店。店里两三个女孩子,都是一副老板的架势,很熟稔地聊着天,我问衣价的时候,她们都笑了,说老板不在,上厕所去了,她们都是顾客。

"是老顾客。"一个女孩子强调着,"没关系,你相中哪件,随便试。"我想试挂在最上面的那件,可她却找不着衣钩,另一个女孩子问:"会不会被她拿走了啊。"这个马上就说:"她拿那个干什么,又不是打狼!"然后就嘻嘻笑起来。找到衣钩帮我取下衣服,又有别的顾客进来,她们也帮着张罗。

我正试衣服,听见女孩子们齐叫:"你可来了!"便看见一个瘦瘦的女孩子正往地上放橘子,让众人吃。她眼睛很大,已经有皱纹了,但眼神清亮,很鲜活,很泼辣,很热情,又很精明的样子,她极力夸赞我穿得好看。很自信地说:"跟你说吧,你穿上最好看!"我和她还价,还不下来,她笑眯眯地说:"这个价格不行。亲爱的,再见!"我只好先去别的店逛,后来还是觉得那衣服好,就又回来。她看见我就拍我的脸,嗲嗲地叫道:"宝贝,你来啦——"我震惊于她的亲热,真是典型的自来熟。

我还是买了,一百元一件。后来又买了一件,第二件的时候,她嫌我压价压得低,故意很生气地说:"不卖!"当然还是卖给我了。一边替我包衣服,一边说:"你真会搞价啊。你还要再来啊。你买衣服需要淘,我们这里有你能淘出的东西。你信不信?"我说我信。她说:"你肯定是我们的回头客。你信不信?"我说我信。我试衣服的时候,她夸我:"你真白!"又说:"你一点儿都不胖。你只是圆。"——这我不信,但我忍不住笑起来。

她很会把顾客当成家里人的样子。说着貌似知心的话,给着貌似知心的价,洋里洋气地称呼着"亲爱的"和"宝贝",让每个听到的女人都忍不住微笑。看见每一个顾客,她都会把橘子拿出来,说:"吃吧,吃吧。"

一副没心没肺的样子,让人买不买东西都松弛愉快。这就是会做生意的人了。怪不得她的回头客那么多呢。

她还会忙碌多久呢?她能挣多少钱呢?她嫁的是一个什么样的人呢?她的孩子又是什么样的呢?我忽然想。看着她笑容绽放的脸,听着她八面玲珑的声音,站在熙熙攘攘的人群中,我只觉得尘世的辛酸和温暖汹涌而来。

我有
参差不齐

的
句
子

苦 楝 树

生我养我的村子，我现在很少回去了。父母和祖母先后去世，那里已经没有我的亲人。虽然不回去，但总是想起她，想起那里的街道，那里的庄稼，那里的老宅，还有老宅里那棵苦楝树。

我小的时候，各家的院子都分前院和后院。前院大，后院小。前院自然直通着大街，后院则顺着堂屋右侧的一条小胡同而入，是封闭式的。我家的前院种着枣树、梧桐树和榆树，后院有一小片菜园，还有那棵苦楝树。

那棵苦楝树不知道是什么时候种下的，我记事的时候已经很大了。我喜欢在树下玩。因为后院小，苦楝树的树荫几乎能遮住整个后院，本就幽静的后院显得更幽静了。我常在她的树荫下做一些隐秘的事：偷偷吃东西，读大人们不让读的书，或者什么也不做，只是看蚂蚁上树。每次大人们要找我，十有八九就在后院的苦楝树下。

都说苦楝树的果子苦,我尝过,果然是苦的。

十五岁那年,父亲去世。我正在外地读书,匆匆回去参加父亲的葬礼之后又返回学校,再次回家已是寒假。我发现后院经常有人,不是母亲就是祖母,她们总说去后院拿什么东西,一根葱,或是一棵萝卜,一拿就是很长时间。有一次,我悄悄跟在祖母身后,发现她在苦楝树下哭泣。她抱着树,像抱着一个孩子。呜呜地哭着,脸颊紧紧贴在树上。

又过了几年,母亲去世。我毕业回家教书,和祖母同住老宅里,又看见她频频去后院。我没有再跟着她。我知道,她一定又在苦楝树下哭泣了。我也会趁她不在的时候,在苦楝树下哭泣。

再后来,祖母也去世了。我没有必要再去苦楝树下哭泣。而是关上门,在自己的房间里,大哭。

——苦楝树,是背着亲人哭泣的地方。没有亲人之后,任何地方都可以痛哭。但亲人在,就不一样了。我们不对着亲人哭泣,如同不对着亲人示爱。不示爱是因为害羞,不哭泣是因为心疼。是这样吗?

苦楝树。一定有很多这样的树。

苦楝树,真的是很苦的一种树。但是也是最亲的一种树。

那些问"在么"的人

甲问：在么？

在。

在北京么？

在。

以为他会请客，其实并没有。以为他会说什么事，其实也没有。

如是三番，我便特别理解老外们的困惑了：吃饭了吗？ 没有。那干吗问呢，莫非这是问着玩儿的？

乙问：在么？

在。

在北京么？

不在。

在哪里呢？

拜托，我们没有那么熟，没必要向你汇报我的行踪。

不等我回答，他倒是图穷匕见地说事了。原来在他的意识里，问在不在和在哪儿是种客气的寒暄。他的内心一定是这样想的吧：哎呀，你难道不感动吗，人家都想起来问这些了呢。

我没法子感动。只觉得烦。

丙问：在么？

我心情好，不跟他计较。索性一答到底：我出差呢。

什么时候回来？

耐着性子，再答：周五。

半月后，此君又问：回来了没？

拜托，难道开口前不会翻一下聊天记录？如果你觉得我确实很重要你确实很想见我的话？

忍无可忍。不再理他。

从此以后，再碰到有人问"在么"，我就保持沉默了。也有特殊的情况，如果是极少数的至爱亲朋，随便不拘怎么都好，就是打个喷嚏我也开心哪。

以小人之心度他人之腹，我推测那些开口就问"在么"的人，基本上是这几种情况：一是百无聊赖想随机聊天的。抱歉，一般情况下我很忙，没空让你召之即来地陪聊。二是有意识地在微信现场活捉你，迅速高效地直奔目标，让你来不及反应，既狡诈又虚伪。三呢，倒也真没什么城府,真就是想表达一下问候。这种人,宽容的时候我觉得他可能是纯朴,刻薄的时候我就觉得他只能是愚蠢。这时候,我就会替自己觉得委屈:凭什么啊,凭什么我要浪费时间应酬你的"在么"?

——那些问"在么"的人,其实我相信,绝大多数都是善良的,那么请善良的你们一定要海涵我的沉默。同时也请接受我诚恳的建议:如果只是想问候我,除了"在么",随便说点儿什么都好,哪怕只是你家猫咪的鸡毛蒜皮,我也会悦纳的。如果有事的话,也请把"在么"省略,留言直告即可,虽然对于很多事情我有心无力,但基本的礼仪尚存,早晚一定会回复哒。

初见和不见

"人生若只如初见"——论起感慨世情起伏，似乎没有比这句诗更常用的了。初见此句时我也颇为流连，尤其被这个"若"字牵住。何为若？假设。和虚弱的假设相对应的，一定是不能再"若"的坚硬现实。此句被人从唇间吟出时，一定是因为初见已散如云烟，而初见之后的复见和熟见里也已有了隔阂、伤痕，甚至怨怼。初见如春花绽放，纯真鲜美。过了盛夏一样的复见和金秋一样的熟见，此时已是冰雪盈盈。

"这流行的纳兰诗句，明明很好，我却一直不喜欢……之所以不喜欢，是因为察觉到其中熟悉的放弃和挑剔。因为已经放弃，所以愈发挑剔，唯有这样才能安慰自己，在柔弱中安慰自己。"把古诗读得深入骨髓的张定浩如是说。

十分认同。

见过太多他人美好的初见，自己也偶有经历，慢慢地，虽然对初见仍然怀着婴儿般的企慕，却不再秉持顽固的热望。已经知道，从欣悦到犹疑到沮丧，直至决绝，和许多人的初见大致如此。为张三的清爽放纵吸引，见多了才发现这只是他的一面，他实际上更擅长别致的投机。欣赏李四的质朴简素，见多了才发现他的质朴只是粗俗，甚或体现为混账，而他的简素则偏于吝啬，甚或陷于低陋。王五倒是敏感多思，与你心有戚戚，可是渐渐地却契合不住，反而需要更费一番神思，因过于小心而不免情怯……

太多了，不说也罢。反正终于，彼此不见。

不见这个词也有分别。一种不见是不得见——人不在了。但这种不见也只是肉身不见，即使那人长眠在地，灵魂也已经见过。此灯一亮，便不再灭。这里所言的，是另一种不见。恰恰这另一种不见才是真正的不见。因这不见是不想见。不想见便不能见，不会见。

想来也是有意思。人心就是有这样的本事，想见便可见，便会常见。再黑暗的角落也能曲径通幽，再遥远的海天也能鹏程万里。不想见呢，就会避着，藏着，闪着，躲着，自然而然地岔路分流，即便狭路相逢也会擦肩而过，比邻而居也是目中无他。只因此时，心闭上了眼。

对这种不堪的不见，我曾经极其困惑和遗憾。常常不知该问谁：既然有那么好的初见，怎么会这样呢？而今不再纠结，只是学着平静地面对结果。已经懂得了，能有初见，已是上天对彼此缘分的恩泽，有太多人连这初见也没有呢，知足吧。这世界，可怜的人太多，就不要太互相为难。怜悯吧。不用逼迫着去理解，有些人和事本就是不可以理解的，只能在混沌中宽容地接纳。祝福吧。

——也许，这祝福最重要。因不仅是对别人，更是对自己。扪心自忖便得承认，自己必定是其中的一分子，也是被某些人嗟叹过"人生若只如初见"的人啊。

减 法

微信里常会有一些莫名其妙的人，甚至不知道是什么场合什么情况下加的，就那么存在着。其中有一位写得很差的基层作者，很差且不自知——也是，如果有些许自知之明，也许就不会写得那么差。对这样的人我其实没什么成见。爱写作不是什么坏事，写得差而不自知也不是什么罪过，只是请不要来频频打扰我。

可不知道动了哪根筋，他忽然上来就直呼我名，似乎很熟络的样子。这倒也没什么，他本比我年龄大，凭着这个原因我也能容忍他的无礼。可他派给我的事情却让我深为抗拒：发给我作品，要我点评。

实在是没话可说，我就沉默。点评倒是容易，但太多经验告诉我，这是出力不落好的事。既说不来假话，说真话又恐得罪人。所以只好沉默。况且，人家哪里是想听人点评，后续肯定还有别的。果然，不久后他又要我推荐发表，我也只好假装没看见。又过些日子，他说出了书，要寄给我。我便客气回复：谢谢。那边突然发过来一段话，很恼怒的口吻。大意说，他很清楚，他就是寄给我我也不会看的。我就是在敷衍他，根本就看不起他之类。以感叹号结束。

我先是讶异。这段话大概是他最有自知之明的话了。原来大家一直在相互忍受。既然忍了这么久，那怎么又突然爆发了呢？随即又觉释然。人家不想忍，那就不忍了呗。接着我便很不厚道地开心起来。他写得很差，行事还如此不知分寸，且终于做到了让我也不必忍的程度，能毫无心理负担和道德愧疚地把他拉黑。

就很愉快地拉黑了。

还有一些人，逢年过节必来私信打卡，用转发的图片文字。更有甚者，二十四节气也来打卡。还有的天天打卡，不花钱的玫瑰一天一朵，红彤彤的小心心一天一颗，冒着假热气的茶一天一杯。好像也没什么目的，只是问候，显得十分单纯友好。也有不少图穷匕见的，让我积攒下一些警惕。恕我直言，他们输送的目标人物实在不该是我，因我没有闲情逸致给他们报以同等回复。这兵荒马乱诸事交杂的中年，我只想要开门见山的节奏：有事说事，无事不扰。

一直想找到一个词来形容这种交际状态，却没有找到。像我这般的抒情对象，他们这应该就是无效社交吧。

内心的某些部分由此变得坚硬、冷酷、无趣。但也有一些部分变得更为湿润、柔软，有时看到夕阳也会掉泪，在幼儿园门口看到孩子哭着喊妈妈，也会不由得湿了眼睛。地铁上，不止一次想到遥远的故乡的亲人，难过得不能自已。

这些时刻，都是独自。我称之为剖心自食。孤独前行，旁无余赘，似也能自洽。往前看去，时间着实有限。只能不断做减法。减着减着，人生的面貌便水落石出，山高月小啊。

删与不删

大约是懒得适应新程序，当然更主要的原因是缺钱，我讨厌换手机。能做的就是尽量延长手机的寿命，同时及时清理，最大程度地保持手机空间的宽敞和干净。也因此，常规要做的事就是随手删除手机里的一些东西。

要删除的是什么呢？

短信。短信占的空间很小，但蚂蚱腿也是肉，占的空间再小也是空间啊。首当其冲毫不留情删去的是节日问候类的，尤其一看就是群发类的。我知道祝福是好意，但却不觉得珍贵。批发类的东西，没办法觉得珍贵。

不常用的 App，比如抖音，下载又卸载好几次，跟自己不争气的自律做斗争，不屈不挠，常屈常挠。天气，音乐，地图，旅行，也是反复下载反复卸载。占空间是一方面，另一个方面也占视觉。每次看到界面满当当一片，挺闹心。能清理就清理，图个舒朗开阔。

照片也删。随手拍的东西太多，多是依着兴致，拍完了要及时删。以前总是舍不得，尤其有自己合影的，尤其是美颜过的。现在都毫不犹豫地删了。有些存在就是一时性的，及时删照，少点儿自恋。

微信里的群聊，几乎都清空。很占空间。我在群聊中几乎总是潜水，能退群就退群，不好退就潜水。

还有一些人，也要删掉，不再联系。一般情况下也不删。能让我有点儿脾气想要删了的，一定是真让我讨了厌的。比如总是莫名其妙私信我，展示他的大成就的。再比如天天问早安、问晚安无事献殷勤的——经验证明，绝非无事献殷勤，不仅有事，有事还不肯直说，与其等着他拐着弯儿来，不如我直接删了去。

还有那些常常让给自家的宝贝或者别人家的儿子、孙子甚至儿媳妇、孙媳妇投票的，他们发发朋友圈号召一下我当然能忍，然而他们还私信让我投票，成功激起我想要删掉他们的冲动——也不会那么任性直接删除了事儿，只是不回复。要么回复一下说明我的原则。对方会讶异，会生气，会或短暂或长久地影响我们之间本来就单薄的情谊，影响就影响吧。

我常常觉得自己分裂。貌似温和，其实冷淡。爱看热闹，却也惬意于孤独。也常常默默地刷朋友圈，却不大喜欢点赞。自己不太发，十天半月也许有一条，且避免发工作内容。心里有一个隐形边界，或者说是文字洁癖：朋友圈这个圈，就是朋友们在小公园里散步，遥遥相见，点个头，打个招呼。不要商业，不要绑架。不要有别的。

当然这是很理想化的，我知道。好在我人微言轻，删与留，看与不看，诸如此类的小事，还能容得了我自己做主。因此没什么心理障碍。

也有舍不得删的，甚可与手机的生命共存亡——那些我爱的，深爱的，最爱的人们的信息，一条也舍不得删。

穷 人

1

也许,这世界上只有两种人:穷人和富人。——是的,没有不穷不富的人,所谓的不穷不富,毫无疑问,也一定是穷人。

2

去穷人家里,不自觉地,我会觉得松弛,觉得舒服,觉得怎么做都没有什么不合适。但是到富人家里,我就开始谨慎起来,端正起来,不自觉地告诫自己,要配得上这里的东西,不要惹人笑话……那么多人们啊,生来都是势利的,都嫌贫爱富,轻贫重富,笑贫羡富。

"重要的不是物质的富贵,而是精神的富贵。""精神的富贵才能真正地征服人。"——这样的话不知道是谁说的,似乎是有道理的。但是到生活中看看就知道,它的底子是多么的薄脆。精神的富贵若没有物质的富贵垫着,有几个人能看得见?在这庸俗的人世,多少人都只是被物质的富贵征服,且很满足于被物质的富贵征服?简直是过江之鲫,数不胜数。

3

便宜,打折,赠送……如此这般的广告噱头,无非都在拿价格说事,从而刺激人去买东西。都直白、粗陋,乃至恶俗。所以,那句话就显得很高明:"你,值得拥有。"如此婉约,如此雅致,如此珍爱地奉承着你,宝贝着你:你,值得拥有。——似乎你天然地拥有一张资格证,而这张证的获得和钱没有任何关系。在听到的一瞬间,你尽可以陶醉在这样的气氛里,理所当然地顺应他们的推断:我,值得拥有。那么,以此荡开:××别墅,你,值得拥有。××牛排,你,值得拥有。××手机,你,值得拥有。××鞋子,你,值得拥有……无边无际的句式复制批发,排山倒海而来,但是,很快,那点儿短命的虚幻的情境随即就撞碎在那块坚硬无比的巨型礁石上：没有钱，你，如何拥有？

这是繁华盛世么？我只看到：满眼皆穷人，举世皆穷人。

4

经常见到一些演说家，口若悬河，滔滔不绝，讲解产品，推销保险，宣扬理念……每当听见口才太好的人说话，我都有一种被压迫感。如果他们的表达实在是好，我会专注地听，会沉浸其中。他们的肢体，声音，气色，表情，眼神，连同那些消失在空气中的词汇，这一切都构成一种奇妙的氛围，我很愿意暂时忘了自己。但是，只要从这个氛围中出去，我就会立刻清醒，迅速地把刚刚听过的忘掉。这些人，我想，这些人怎么就这么能说呢？怎么就这么会说呢？这是多么可疑的事啊。

还有那些喜欢诉苦的人，只要有自认为合适的场合和听众就会喋喋不休地诉说自己的不幸。"不幸福是一种耻辱。"这是博尔赫斯的话吧。那么，把这耻辱再展示出来，就是双重的耻辱。也因此，当听到某人不止一次地复述自己的不幸，尤其是当着两个以上的人进行复述时，我就会觉得这种复述已经带有相当的表演成分——是的,单独一对一的讲述总还是稍微私密一些,这种私密总会显得庄重,即使是表演也属技巧较弱,接近于本色演出。从这个意义上讲,那些沉默的人,对自己的苦难经常保持沉默的人,他们无声的包裹和承受,往往让我尊敬。在沉默中尊敬。

——那些能言善辩的人,那些习惯倾诉的人,他们貌似富人,语言的富人。而其实,他们都是穷人。他们把财富都抹在了嘴上,所以成了穷人。而那些沉默者,他们恰恰相反,虽然他们的富都变不成钱,甚至是刀子,只会刺伤自己,但是,他们都是富人。

"我不能接受那些把苦难挂在嘴上的人,"那天,在茶馆,我听到有人这么说,那个男人冷冷地呷了一口茶,"把苦难挂在嘴上,就是没教养。人可以苦,但不可以没教养。"

5

很多次,在街头,我看见那些女孩的穿着,有的一望而知就是暴发户,把什么好东西都堆在外头:耳朵上,脖子上,手腕上,脚腕上,头发上……丰富到啰嗦,华丽到繁杂,生怕别人不知道。是那种满当当的穷。

可是，多么奇怪啊，那些雍容的，优哉游哉的，满不在乎的，总是表现出生来就是在享受富的人，在我看来，也是穷，是另一种穷：苍白的，单薄的，不堪一击的，穷。

和那些富人在一起时，我总是一眼就能看出他们富下面掩藏的穷。他们压不住这种穷，或者是富：给灾区捐款的数目，衣服的牌子，去哪些国家旅行过，住过多么高级的酒店，见过多么显赫的人……这些必须得提，一定得提。"该露不露，心里难受。该烧不烧，心里发焦。"——露和烧，在我们豫北方言里都是炫耀之意。露和烧的人，都是穷的。

也许，真正的富，只有这种：在穷中历练过，历练得很多，很深，然后抵达了富。这种富，才是最扎实的，最经得起推敲的，最有神采和韵味的，富。

多么希望自己能抵达这种富啊。至少，也要离这种富越来越近，越来越近。

6

有时候，听朋友们讲童年，讲少年，讲那些不靠谱的事。讲着讲着，大家都猖狂起来，欢乐起来，没心没肺地大笑着。回忆过去,总有一种很富裕的感觉。回忆是多么奇妙的事啊,首先是那么安全,因为已经是过去时,当然安全。其次是那么乖巧,让讲述者拥有绝对的控制权,可以选择性遗忘、删节甚至跳过,也可以随便篡改、装修甚至颠覆性再造。总之它就是一团橡皮泥,任人按照自己喜欢的形式去重塑。还有,最重要的一点是,回忆时,人们总是富裕的。能够留下来的回忆都是人们大浪淘沙淘下来的金子,这金子可供人们去置换宝贵的充实和满足。

回忆,让人成为富人。要不然人们为什么喜欢回忆呢?

然而,只有回忆乐趣的人,又该是多么穷啊。

7

忽然想起小时候,在乡村,夏季时分,下雨天,我坐在大门口看雨。透明的雨珠从天而降,忽大忽小,忽急忽缓,带着浅浅的一层灰气。更多的时候是不大不小不急不缓,就那么雍容华贵地下着,像是大户人家的雨。——富的雨。

有农人从地里回来了,淋着雨。有匆匆走着的,边走边骂着；有慢慢走着的，哼着小调，就那么湿着头发和衣裳。我就觉得，那匆匆走着的人，就是穷人。那慢慢走着的，就是富人。而像我这种人，这么看着雨的，也是富人。也有那么一些人，看着雨却丝毫没有知觉的，就是穷人吧。

穷和富，原来时时刻刻都能感觉得到，也是瞬间就可以变化的了。你看那从银行出来取着鼓鼓囊囊现金的富人啊，他愁眉紧锁，就是一个穷人。你看那开着三轮车卖完了菜回家的农夫啊，他双手泥泞，却俨然一个富人。

8

"很多中国人，不休息，节假日也工作，拼命挣钱，挣钱后也不吃好的，穿好的，而是要挣更多。挣了很多以后就买房子，小房子，大房子……"那次，在饭店，我听见邻座这么说。我回头看，说话的是一个外国男人，显然中文很好。他说话的对象是一张中国面孔，那男人彬彬有礼地笑着，点着头。

是啊，很多中国人——绝大多数中国人，他们就是这个样子。就是这么努力，这么励志，这么勤劳，这么辛苦——就是这么穷。骨子里的穷。即使是富,也富得那么穷。

穷得太久了。穷得太深了。穷得不能再穷了。

什么时候才能富起来呢?

不会成为贵族

走在街上,常常可以看见穿得脏破的收废品的老人,戴着一顶糟了檐儿的草帽,摇着用牛皮纸扎成的鼓,用一脸灰尘衬着道路两旁的绿草如茵。三轮车是满满当当,最下面是废纸,一捆一捆地摞着。角落里稳稳地塞着啤酒瓶子,蛇皮袋里是压扁了的易拉罐。还有鞋底子,锈铁块,水泥包,热热闹闹却又默默无言地聚在一起。

也常常看见卖水果的小贩,小心翼翼地拎起一串串的葡萄,择着那些裂了口或压出水儿的。每串拎过,都要掉下几颗好的,他们会放在身边的碗里,用报纸盖上。这些葡萄洗洗尚能吃,他们不会扔掉。然而他们多半也舍不得自己吃,孩子放学后帮忙看摊子算账,这也是一个打发的零嘴儿。整好了葡萄,再把其他的水果也择一遍,个儿大的颜色亮的放在外围,小的蔫儿的放在里面。一边择一边用扇子赶着飞来飞去的小蝇。看着街上穿梭的人流，我发现他们的眼神常常是宁静和茫远的。

每次看到他们，我都会隐隐难过。

我不知道他们是什么人，每天能赚多少钱，他们的亲人和他们的关系怎样？多长时间能够喝一回酒，吃一回肉？水费多少，电费多少，孩子们的学费又是多少？……我什么都不知道。我知道的是，他们都是为生计操劳和奔波的人，是社会最普通的人，是离浮艳的享受和轻飘的快乐最遥远的人。

我不能不难过。

确切地说，我也不知道我的难过从何而来。我为什么要难过呢？为他们。我并不认识他们。他们与我无关。即使他们不幸福，我也并不是他们不幸的理由。何况他们的现状对他们来说并不见得不幸福。——尽管，从表象上看，也许我比他们生活得好。但从根本上讲，人和人是不能比的，人和人的幸福当然也不能比。

那我还有什么理由难过呢？

可我就是无法抑制。

有一段时间，我以为这难过是因为自己的善，是因为自己的良知，是因为自己的质朴，或者什么其他美好的品性。可是有一天，我突然明白，我的难过其实有着那么一些可耻的自私。——我之所以难过，只是因为，我的亲人也曾经这样生活。我的祖辈是地地道道的农民，我的父辈虽然开始到城里读书上班，但农忙时总要请假，让背影在田野间穿行。我的兄长，我的姐姐，都曾在这种生活里飘荡，他们在乡村盛夏的街头卖啤酒，在冬夜昏黄的灯光里学裁剪……我怎么可以矫情地说：我不认识这种生活且这种生活与我无关？我怎么可以荒唐地默认那种说法：培养一个贵族需要三代人的努力，而我已经成为了第四代人？

我是这种生活深埋下的一粒种子，现在我的枝叶虽然已经超过了地面，但我的根还在里头，而且愈加深壮起来。这种生活浸泡在我的血液里，筋脉里，一直一直。我永远不会成为贵族。不会。而且我也不相信，在这个世界上，在这个被土地和庄稼养活的世界上，会存在什么和他们相距十万八千里的真正的贵族。

这一点儿土

我有一个小癖好或者说是小习惯：洗有根儿的菜的时候，会用盆存住洗菜水。有根儿的菜——这话乍一听似乎有毛病，哪种菜没有根儿呢，是吧？但仔细一琢磨你就会知道，有的菜你买的时候是不见根儿的，只有蒂。黄瓜、苦瓜、丝瓜是如此，豆角、西红柿、茄子也是。而像菠菜、香菜、白菜、萝卜这些，就都是有根儿的。这些菜根儿是亲密地贴着土长出来的。

为什么不用流水洗菜呢？就是因为这些菜根儿多多少少带着点儿土，洗第一茬的时候泥水最多。我会取一个深盆，菜根儿上的泥被水流冲刷着，进到盆里就成了或浓或淡的土黄色。头茬洗过，我便把这盆放到一边。去洗第二遍，基本没有了泥土，那就随它流去。

留这点儿泥水做什么呢？——浇花。有时候花刚浇过，暂时用不着，那也存着，等下次。

之所以这么珍惜这点儿泥水，说到底还是珍惜里面的土。不过我自己也纳闷，要说土，哪儿没有土呢？小区花园草坪里，土多的是。胡乱用花铲子挖几下，不比从菜根儿上洗下来的多？可对那些土，我却不曾动心过。

如此在意菜根儿上的这点土，到底是为什么呢？闲极无聊的时候，我就咂摸这个问题。思来想去，方才明白了些：人种下菜，养育，收获，运送，再到超市里被理货员码上货架……这一点儿土，不知走过多少地方，不知行了多少道路，我们才能有缘相逢。和花园草坪里的土相比，在我的想象里，这些菜根儿上的土，往小里说，是有故事的土，往大里说，是有历史的土。

——说到底，还是因为人。因了那些不知姓名的人，这一点儿土就有了温度，有了情感，有了秘密，有了因此混合产生的各种意味。

所以，怎么能不喜欢和珍爱这一点儿土呢？

所以，怎么能等同于花园草坪里的土呢？——那些土，空空荡荡。

当然，是我想得太多了，职业病。可写作的乐趣，不就在于常常能多出这么一点点的意思吗？我很愿意得这种职业病，自从得上的那一天也就没想着能好。

土是这样的土,人是这样的人,对我而言,写作也是这样的写作啊。

这点儿小癖好,从来羞于出口也不觉得有必要去对谁说。最合适的方式,也许只有放在这里,放在面前这沉默的虚拟的纸上,致某些不知名的远方的人们,不知怎的,我一直相信应该有人和我会意,也沉默地喜欢和珍爱着这一点儿土。

认真的人

越来越发现早晨走路上班的好处。岂止是省钱、免挨批和不堵车,甚至还可以随时拐进街心公园跳一段广场舞呢。

那天早上,还细细地享用了那堵墙。

刚从花园路拐到纬五路上,远远地,我就看见那堵胭脂墙——嗯,"堵"这个字,用在这里有点儿压抑,应该用"面"。那面胭脂墙足有两百米长。月季,玫瑰,蔷薇,开得如火如荼。姜黄,朱红,月白……各种娇娇媚媚,衬着绿叶滴翠、青枝横波,烂漫至极。我便知道这是实验幼儿园。早几天路过,看见花开得还算婉约,没想到现在已经如此炽烈,每一朵都像在热恋中。

走上前,便像掉进了香海。拍照的人很多。年轻的母亲让小女孩站在那里摆姿势,这些花蕾一样的小女孩可真是会摆啊,扭屁股调腰,左一下,右一下。比起来,男孩子们就要酷得多，冷静得多，也或者是根本就对花花朵朵不感兴趣，索性便是一脸的不情不愿。

有一个老太太也在拍照。她瘦瘦弱弱，满头白发。用的不是手机，而是配着镜头的相机，应该是佳能的微单吧。有一段时间，我的包里也总装着相机，走哪儿拍哪儿，兴致勃勃。

您想和花合影吗？我帮您拍？我上前搭讪。

不用。她笑笑，说，我七十五了，老得不能看了。我就只是拍花。

她眉宇清秀，年轻时应是个美人。现在，确实老了。我到这么老的时候，可能也跟她一样心态。老人配花，总有些伤感。哪怕老得再美。

这里的蔷薇是最好的，瞧瞧，没有一朵败的。不过好看也就这两天。上星期我去月季公园看月季，月季公园你知道吧？就在棉纺大世界那，黄河路上。要看月季，那里最好。种类多，地方也大。原来省里的月季研究所就在那里。

月季研究所，我第一次听见这样的机构。听着就令人神往。

你要想看月季，就赶快去。

不用那么急吧。月季不是能开很长时间么？

可这时节最好，是头茬花。头茬花最干净，颜色最好。

哦，原来还有头茬花这种讲究。我这个庸俗的人，顿时想起头茬香椿，还有头锅饺子。

我今天下午还要去人民公园看牡丹，再不去，牡丹的好时候也过了。她说。

她是否跟这些花朵定下了如期奔赴的约会？

您就这么一个人去？

和我妈。我妈今年九十五了，也爱看花。她说着收起相机，和我一起走到路口，朝向另一个方向。

再见。她挥挥手。

再见啊。我有些留恋。也许再也不见，但是我在心里记着这个人。这也就是见了。

不知道姓名并不要紧——姓名有时候最不要紧，我喜欢这样的人，包括她九十五岁的母亲。对于花，爱者无数，但爱得认真的人，并不多。认真的人，我一向喜欢，我非常认真地喜欢。

红 绿 灯

很小的时候,刚知道红绿灯这种东西,每次过马路,我都很小心翼翼。红灯停,绿灯行,执行得一丝不苟。远远看见红灯,就会懊恼,怎么又是红灯了呢?若是绿灯,自然欣喜,就会加快脚步,要赶快过去。仿佛每个绿灯都是个千载难逢的时机,一步跟不上,就会步步跟不上,自己的身家前程都在这一个绿灯上了。

慢慢地,长大了,路口过得多了,看见很多人,红灯的时候过,绿灯的时候也过,也就不那么在意红绿灯了。常常便也是红灯也过,绿灯也过。远远地,看见红灯是绿灯,绿灯也是绿灯。什么红灯绿灯,规则是死的,人是活的,何必那么板板眼眼呢?

再后来,长得更大些,路口过得更多些,不知不觉间就有了畏惧,明白了还是应该遵守最基本的规则,红绿灯还是应该看看的。于是,又开始红灯停,绿灯行。

偶尔估量一下形势，也闯闯红灯。那时候，远远地看见红灯就会欣喜，就知道等我走到跟前，红灯就变绿灯了。如果远远地看见是绿灯，反而还会压下步子，知道这绿灯对于我毫无意义，等我到那的时候很可能绿灯就会变红。这种辩证法的运用让我慢慢从容起来，在很多时候都受益良多。

后来的后来，也就是现在，似乎开始老了。路口自然过得比以前更多，也知道将来还有不少，心思反而却越来越简单。知道一个个路口反正就站在那里，红灯也好，绿灯也好，有灯也好，无灯也好，我只需老老实实地走，慢慢地过，就是了。说到底也就是那几句老话：尽人事，听天命，顺其自然。

也就是这时候才明白：老话的本质就很像红绿灯。

敬畏小路

只要到了乡下,只要有时间,我都要去走一走乡间的小路。

乍一看,一条小路和另一条小路的曲折、蜿蜒、细小、坚韧似乎没有什么不同,甚至路边的每一朵野花和路上的每一块土坷垃都是那么惊人的相仿。它们带着泥土的芬芳和麦苗的气息,带着烧炭的味道和柴火的清香,跨过小溪,穿过田野,一条一条地生长到大路上。

人们往往只看到它们的"去脉",却很少知道它们的"来龙"。人们不知道它们始发自哪一个村庄和哪一扇木门。而这些小路也往往对自己的历史沉默着。它们的嘴唇像山一样封闭着,让人轻易听不到开启的声音。

就是这些朴素而神秘的小路,就是这些独立而脆弱的小路,就是这些形散而神聚的小路,它们可以从任何一点出发,用任何方式行进,抵达世界上任何一个地方。

和这些小路相比,大路是多么苍白而无味啊。

我喜欢这些小路。我敬畏这些小路。如同喜欢和敬畏那些出身卑微却精神高昂、默默奋斗着的人们。

幸福两种

这世上的幸福，细细想来，其实就是两种：看得见的幸福，和看不见的幸福。

看得见的幸福就是——

正在厨房做晚饭，金黄的鸡蛋饼在油锅里嗞嗞响着，侧耳听到钥匙轻动，儿子放学回来了。

自小学二年级开始，我就让儿子自己上下学，再也不接送。但每到放学时候，就会提心吊胆，生怕世界亏欠他。他回来了，我最重要的财产就回来了。

早晨阳光灿烂，儿子上学之后，我拉开窗帘，眯着眼睛躺回床上，在阳光里，睡回笼觉。其实睡不深，但觉得睡得奢侈。能够这样奢侈的人，不多。所以，带着些小得意。

睡好了，起床。洗漱。来到单位，先看一遍窗台上的折鹤兰，虎皮兰，龙柏草，黄金葛——听听这些名字，就想微笑。这四个名字里有一个是最俗气的吊兰,很多人都不知道是哪个。实践证明,这些名号高贵的盆栽生命是最不容易被我踩躏至死的泼皮植物之四。看它们好好的,我就开电脑,听音乐,擦桌子,烧水,冲咖啡,读报纸,看新闻,吃早餐,顺便开始工作。到了中午,有饭局就随便吃一顿——客随主便可不就是随便吃一顿么?没有饭局就好好吃一顿——自己精心烹制可不就是好好吃一顿么?饭后午觉,醒来吃个水果,再工作。也就是这些了,看得见的幸福。刮风了。在屋子里,觉得幸福。不在屋子里,想到自己有屋子可去,也觉得幸福。粗茶淡饭,幸福。海参鲍鱼,也幸福。健康地走路,呼吸,幸福。近视了能配得起眼镜,也幸福。病了能上得起医院,当然幸福。如果医院有医生朋友,那更幸福。

柴米油盐酱醋茶,琴棋书画诗酒花。这些看得见的幸福,妥帖地安顿着我的身体。

至于看不见的幸福,只有一种方式抵达:在无惊无扰的时刻静静躺着,神游。想起某本书某段话某个句子某个词,那么会心。幸福。想起已经去世的长辈们的神情,模样,他们曾经说过的话,疼爱过你的那些细节,甚至是骂你的样子。幸福。又或者,想起有这么一个人,他的一颦一笑,一举一动,一言一语,都在你心里清清楚楚地刻着。幸福。在这个世界上,他不论离你多远,都在你心里住着。你随时都可以见到他,随时都可以把他掏出来看看。幸福。你知道,有他在,你在这个世界上就不是孤儿。幸福。他活得那么好,还可以活很长时间。幸福。很可能他活的时间会比你长,那你便不必品尝失去他的痛苦。幸福。即便他活得没你长,他也会在你心里一直活着。幸福。总而言之,言而总之,有这么一个人,幸福……就是这样,想啊,想啊,想到春秋不辨,想到水飞云起,想到无边落木萧萧下,想到不尽长江滚滚来。套用《苦行僧》里的歌词便是:"我要从南想到北,我还要从白想到黑。"

是的,这些就是看不见的幸福。

看得见的,和看不见的幸福,就这两种。看得见的幸福是壳,是形式,是基础,是依托。看不见的幸福是核,是内容,是升华,是飞翔。没有看不见的幸福,看得见的幸福就太木了。没有看得见的幸福,看不见的幸福就太冷了。因此,这二者一定缺一不可。如果一定要比的话,在我的意识里,看不见的幸福要比看得见的幸福,高那么一点点儿,飘那么一点点儿,璀璨那么一点点儿,要命那么一点点儿。

但是,真的,在这个世界上,幸福,就这两种。